Belle comme un joyau

ABBY GREEN

# Belle comme un joyau

AZUR

HARLEQUIN

*Collection :* Azur

*Titre original :*
BOUND BY HER SHOCKING SECRET



**HARPERCOLLINS FRANCE**
83-85, boulevard Vincent-Auriol, 75646 PARIS CEDEX 13
Service Lectrices — Tél. : 01 45 82 47 47 - www.harlequin.fr
ISBN 978-2-2804-7461-0 — ISSN 0993-4448

Composé et édité par HarperCollins France.
Imprimé en mai 2022 par CPI Black Print (Barcelone)
en utilisant 100% d'électricité renouvelable.
Dépôt légal : juin 2022.

FSC
www.fsc.org
MIXTE
Papier issu de sources responsables
FSC® C159065

Pour limiter l'empreinte environnementale de ses livres, HarperCollins France s'engage à n'utiliser que du papier fabriqué à partir de bois provenant de forêts gérées durablement et de manière responsable.

# 1.

Depuis la galerie du premier étage, Daniel Devilliers contemplait la foule des invités qui se pressaient dans le salon d'apparat. La soirée d'inauguration marquait la réouverture de la bijouterie iconique de la place Vendôme, dont l'immeuble XVIIIe avait été complètement rénové au cours des six derniers mois.

Depuis qu'il avait hérité de l'illustre joaillerie à la mort de son père, quelques années plus tôt, Daniel bataillait avec un conseil d'administration conservateur et hostile à tout changement pour hisser la maison Devilliers à l'avant-garde du XXIe siècle. Ses efforts étaient enfin récompensés.

La soirée était un triomphe. L'événement du mois. De l'année. Les têtes couronnées et les chefs d'État s'étaient arraché les invitations. Mais Daniel préférant courtiser une clientèle moins élitiste, nombre de VIP avaient été réduits à quémander un faire-part.

Les stars de cinéma côtoyaient politiciens et magnats de l'industrie. Parmi eux circulaient les plus beaux mannequins du monde, hommes et femmes, qui présentaient des créations ou des pièces de collection, du bracelet-montre à la dernière mode jusqu'à la tiare de diamants réalisée pour l'impératrice Joséphine.

Rubis, saphirs, émeraudes, perles et diamants sertis d'or, d'argent ou de platine étincelaient de tous leurs feux, rivalisant avec les top-modèles, habillés pour l'occasion par de grands couturiers.

Le champagne millésimé coulait à flots. Les serveurs proposaient des hors-d'œuvre qui ressemblaient à des sculptures contemporaines mais n'en étaient pas moins délicieux.

Sur les murs, des photos en noir et blanc encadrées retraçaient l'histoire des Devilliers. Un tableau de l'épouse du fondateur occupait la place d'honneur sur le panneau central. Elle portait un magnifique diadème sur ses cheveux châtains coiffés en un chignon élaboré. Son beau visage aristocratique et ses yeux d'un gris très particulier s'étaient transmis jusqu'à Daniel au fil des générations.

Ces traits revêtaient chez lui une expression plus intransigeante. Les pommettes hautes et la bouche sensuelle contrastaient avec la mâchoire carrée, volontaire, et le regard perçant. Avec ses cheveux noirs coupés très court et sa haute silhouette athlétique, il était l'exemple parfait du mâle alpha auquel aucune femme ne restait insensible.

Son chargé de communication lui fit signe de descendre pour participer aux festivités. Jusque-là, Daniel s'était tenu un peu à l'écart pour observer et ressentir les choses, sans trop savoir ce qu'il espérait. Un sentiment de triomphe et de satisfaction devant sa réussite ? Bizarrement, il n'éprouvait qu'une sorte de déception mêlée d'ennui, aussi étrange qu'inexplicable.

Quelque chose attira son attention. Un fourreau de satin noir. Un chignon de boucles folles, blond cuivré. La ligne d'une épaule dorée. Son corps réagit aussitôt, d'une manière tout à fait incontrôlable.

La vision s'évanouit presque aussitôt derrière un pilier. Un bref instant, il avait cru la reconnaître. Mais ce ne pouvait pas être elle. Elle n'aurait pas l'aplomb de réapparaître ainsi, sur son terrain. *C'était impossible.* Malgré tout, le pouls de Daniel s'emballa à cette idée.

Des souvenirs vivaces, provocants, envahirent son esprit. Un visage rieur, des lèvres charnues… Des yeux vert clair, étincelants. Des cheveux cuivrés indisciplinés, enroulés autour de son poignet tandis qu'il s'enfonçait dans une étreinte torride, qu'il aurait voulu prolonger indéfiniment.

D'autres souvenirs aussi, moins charnels. Des paupières rougies par les larmes, une pâleur inquiétante. Et un poids douloureux qui lui comprimait la poitrine, gelant le sang dans ses veines.

« C'est sûrement mieux ainsi. Tu le sais comme moi.

— Va-t'en, Daniel, je ne veux plus jamais te revoir. »

Daniel secoua la tête pour refouler le passé. Le présent reprit ses droits, avec le bruit des conversations et l'écho du quatuor à cordes qu'il avait fait venir spécialement de Vienne.

Irrité par ce moment de faiblesse, Daniel s'écarta de la balustrade de la mezzanine et se dirigea vers le rez-de-chaussée. Le passé n'avait pas sa place ici, alors qu'un avenir tout neuf s'offrait à lui, songea-t-il en chassant vigoureusement les derniers vestiges de réminiscences.

Au pied de l'escalier, il croisa le regard d'une créature de rêve qui lui sourit avec une complaisance très explicite. Il ne s'en émut pas le moins du monde. *Parfait. Tout était rentré dans l'ordre.*

Mia Forde savait parfaitement qu'elle ne pouvait pas rester toute la nuit cachée dans les toilettes tandis qu'un vigile montait la garde à l'entrée. Le collier et les boucles d'oreilles de topazes qu'elle présentait en tant que mannequin étaient sous haute surveillance. Du coup, aucun de ses faits et gestes ne passait inaperçu.

Elle se maudit elle-même. D'où lui était venue l'idée insensée d'affronter Daniel au cours de cette soirée d'inauguration ? Elle avait tout de même eu de la chance d'être engagée pour l'événement…

Au départ, la perspective de le revoir dans une manifestation officielle l'avait rassurée. À présent, cela lui paraissait inconcevable, malgré la robe haute couture et le maquillage qu'elle portait comme une armure protectrice.

Leur liaison était toujours restée à l'écart de l'univers mondain et superficiel dans lequel évoluait Daniel. Contrairement à ses autres maîtresses, elle n'était jamais apparue publiquement avec lui. Par choix. Pour toutes sortes de raisons.

Prenant une profonde inspiration, elle sortit de la cabine et fit la grimace en apercevant son reflet dans la glace. La peur se lisait dans ses grands yeux. Elle avait à moitié mangé son rouge à lèvres et avait encore les pommettes rouges d'avoir entrevu Daniel en train de contempler la scène de haut, de son regard froid.

Paralysée par l'afflux des émotions, de la colère et des souvenirs, elle s'était sentie mal, oppressée. La conscience aiguë, viscérale, de la présence physique de Daniel lui avait donné l'impression d'un coup de poing dans le ventre.

Quand il s'était tourné dans sa direction, elle avait miraculeusement réussi à se dissimuler derrière un pilier.

À présent elle tremblait comme une feuille, ce qui était complètement ridicule après tout ce qu'elle avait vécu pendant les deux dernières années. Les épreuves l'avaient rendue plus forte, féroce même. Elle était parfaitement capable d'affronter Daniel Devilliers. Elle était seulement venue pour lui délivrer un message. Ensuite, elle repartirait la tête haute.

Les bijoux étincelaient sur sa peau, admirablement mis en valeur par la simplicité du fourreau de satin noir. D'une valeur de plusieurs milliers d'euros, ils la laissaient pourtant complètement froide. Ce n'étaient que des pierres, belles mais inertes. Sans âme. Comme sa relation avec Daniel.

Oh ! ils avaient connu le feu et la flamme de la passion, mais sans aucune profondeur. Sans cœur.

Cet homme avait une nature qui collait parfaitement à sa profession. Brillant, flamboyant, mais glacé à l'intérieur.

*Il l'avait fait souffrir.*

Mia soupira. Ce n'était pas de sa faute. Il ne lui avait jamais fait aucune promesse et elle avait clairement énoncé dès le début que leur liaison était purement physique, donc éphémère. Elle avait érigé tellement de barrières pour se protéger… Quand celles-ci s'étaient effondrées, il était trop tard. Il n'y avait plus rien à sauver de leur relation.

Mia redressa les épaules en entendant des voix. La porte s'ouvrit sur deux femmes en grande conversation.

— Tu l'as remarqué là-haut, qui regardait le spectacle comme un dieu sur l'Olympe ?

— Je n'ai jamais vu un homme aussi sexy que lui !

— Il est divorcé maintenant… C'était dans tous les journaux. À nouveau célibataire…

Une douleur vive transperça Mia en entendant les mots « divorcé » et « à nouveau célibataire ». Elle s'obligea à se ressaisir et à maîtriser les affres d'une jalousie déplacée.

Elle était sur le point de sortir quand son téléphone vibra dans sa pochette. Elle consulta l'écran, l'air soucieux, et rappela immédiatement.

— Qu'y a-t-il, Simone ? Un problème ?

En écoutant son amie, elle oublia tout le reste et prit sa décision sur-le-champ. *Elle devait rentrer tout de suite.*

— Ne t'inquiète pas, j'arrive.

Elle raccrocha, rangea son portable et quitta les toilettes sans plus penser à Daniel Devilliers.

En hôte parfait, Daniel allait de groupe en groupe pour bavarder avec ses invités. Trop sollicité, il retint un soupir, puis s'admonesta. Cette soirée représentait un jalon important dans sa carrière. Pourquoi ne pas s'en féliciter et y prendre du plaisir ?

Sa frustration persista. *Si tu n'es pas content maintenant, tu seras toujours insatisfait.*

Ce constat l'irritait. Il ne s'était jamais illusionné et n'attachait aucune valeur sentimentale à son héritage. Bien au contraire, il le considérait avec une certaine indifférence. Mais il avait de l'ambition, et se sentait responsable des centaines d'ouvriers et d'employés dont le sort dépendait de sa réussite professionnelle.

*Tu le fais aussi pour ta sœur*, souffla une petite voix dans son for intérieur.

Agité par une crispation familière, Daniel porta machinalement la main à son cœur. Oui, dans ce sens-là, on pouvait parler d'attachement sentimental. Enfant, sa sœur s'émerveillait devant les vitrines de la boutique. « Toutes ces richesses sont vraiment à nous ? » demandait-elle avec révérence.

Daniel refoula ses souvenirs. Sans même s'en rendre compte, il chercha des yeux une chevelure aux reflets cuivrés.

*Arrête. Ce n'était pas elle.*

Il s'en voulait de songer encore à un fantôme de sa vie passée. Il y avait là, autour de lui, de très belles femmes. Pourquoi n'éprouvait-il aucune envie d'en séduire une ? Cela faisait tellement longtemps que son lit était vide…

*Depuis elle.*

Justement, une créature blonde s'approcha. Vêtue d'une longue robe blanche, la gorge, les bras et les oreilles littéralement couverts de diamants, elle lui sourit avec une assurance et une convoitise que Daniel connaissait bien.

N'était-ce pas exactement ce qu'il lui fallait ? En même temps, il eut un mouvement de recul.

Mais avant même qu'elle arrive jusqu'à lui, un agent de sécurité intercepta son attention et se pencha à son oreille.

— Désolé de vous déranger, monsieur, mais il s'est produit un incident.

— Un incident ? lança Daniel en oubliant aussitôt la jolie blonde.

— Une des mannequins a essayé de partir avec les bijoux qu'elle présentait.

Daniel haussa les sourcils.

— Si vous l'avez appréhendée, vous n'avez pas besoin de moi.

L'homme parut mal à l'aise.

— Elle prétend qu'elle vous connaît et que vous vous porterez garant.

Les cheveux de Daniel se hérissèrent sur sa nuque.

— Où est-elle ?

— Dans le bureau de la sécurité.

Avec une exclamation irritée, Daniel se dirigea vers le centre de surveillance, dont l'entrée se dissimulait derrière une porte habillée d'un grand miroir. Un autre agent l'attendait, la mine sombre.

Ils pénétrèrent dans une vaste pièce aux murs couverts d'écrans de télévision. Il fallut quelques secondes à Daniel pour s'habituer à la clarté bleuâtre et il ne la vit pas tout de suite. Pourtant, elle se tenait au centre.

Sur le moment, il crut à une hallucination. Il se força à respirer. Il n'avait donc pas rêvé, tout à l'heure. *Ce n'était pas un fantôme.*

Mia Forde. La dernière femme qu'il s'attendait à revoir. Et aussi la dernière qu'il aurait voulu revoir.

En même temps, une violente réaction physique sembla

contredire les pensées qui traversaient son esprit. Il dut faire un effort pour se contrôler.

Elle était aussi belle que dans son souvenir. Plus même. Cela faisait deux ans… Elle en avait vingt et un quand ils s'étaient rencontrés. Depuis, sa féminité s'était épanouie. Son visage avait perdu de sa rondeur, les pommettes étaient plus marquées. Même pincées par la tension et l'embarras, ses lèvres pulpeuses restaient incroyablement provocantes.

Le fourreau noir moulait à la perfection les formes de sa silhouette. Il se souvenait précisément de ses seins ronds et fermes, terriblement tentants…

Daniel repoussa fermement les images qui affleuraient à sa mémoire. Comment cette femme pouvait-elle à ce point court-circuiter ses facultés rationnelles ? Il avait l'impression qu'on versait de l'acide sur une plaie ancienne qui se rouvrait.

Il prit un ton sec et mordant.

— Que diable fais-tu ici, Mia ?

Mia se campa solidement sur ses jambes pour ne pas vaciller. Son instinct lui commandait de se recroqueviller pour disparaître. *Sauve-toi !*

Dans un autre contexte, elle aurait trouvé comiques les expressions qui se succédèrent sur les traits de Daniel. D'abord choqué et incrédule, il avait maintenant l'air furieux.

Alors même qu'elle s'adressait à l'agent de sécurité, elle garda les yeux rivés aux siens, comme incapable de s'en détacher.

— Vous voyez ? Je vous avais dit que je le connaissais.

Daniel croisa les bras.

— Que fais-tu ici ? C'est une mauvaise plaisanterie ?

Mia recouvra un peu ses esprits.

— Tu crois que cela m'amuse ? Que je n'ai rien à faire de mieux un samedi soir ?

En réalité, elle ne sortait jamais le week-end et se contentait de regarder un film avant de se coucher, généralement avant 22 heures. Mais l'atmosphère hostile ne prêtait pas aux confidences.

Daniel baissa les yeux sur le collier et les boucles d'oreilles posés sur une table à côté d'elle.

— Tu voulais vraiment les voler ?

— Bien sûr que non. J'ai… reçu un coup de fil. J'ai paniqué et oublié que je les portais. Je ne suis pas une voleuse.

Daniel fronça les sourcils.

— Comment as-tu fait pour t'introduire ici ?

Son ton suspicieux blessa Mia au vif.

— J'ai été engagée. Nous avons eu… une histoire compliquée, mais je ne pensais pas être *persona non grata.*

Daniel eut un geste d'excuse.

— Pardon, je me suis mal exprimé. Pourquoi es-tu venue ?

— J'avais besoin de te parler. Cela m'a paru plus facile ainsi que de te contacter autrement.

Un homme aussi célèbre et fortuné que Daniel Devilliers était quasiment impossible à joindre, et le numéro personnel qu'elle avait n'était plus en service.

La panique qui avait saisi Mia dans le grand salon resurgit brusquement.

— Écoute, je dois vraiment partir. C'est urgent. Je peux m'en aller, s'il te plaît ?

Au grand dépit de Daniel, il ne ressentit aucun soulagement quand Mia demanda à quitter les lieux. Aux prises avec une intense confusion, il était surtout irrité par le désir qu'elle lui inspirait encore.

— De quoi voulais-tu me parler ?

Elle lui sembla très pâle, tout à coup, malgré son hâle naturel.

— Je ne peux pas t'expliquer maintenant.

— On t'a surprise en train de t'éclipser avec des bijoux d'une valeur de plusieurs centaines de milliers d'euros. Tu me dois une explication.

Mia se tordit les mains avec une expression gênée.

— Je sais. Je n'y pensais plus. J'avais oublié. Mais tu me *connais*. Jamais je ne volerais quoi que ce soit.

Un souvenir assaillit brusquement Daniel. Il ouvrait un écrin et Mia effleurait le superbe bracelet de perles avec une fleur de diamants en son centre.

« C'est très beau.

— Une de nos dernières créations, avait-il dit négligemment. Je te l'offre. »

Elle lui avait lancé un regard sincèrement surpris.

« Non, je ne veux pas de cadeau. »

Mia avait des réactions imprévisibles auxquelles il n'était pas habitué et ne se comportait pas du tout comme les autres. Pour commencer, elle n'avait pas sauté sur son invitation à dîner. Ensuite, elle ne voulait qu'une nuit sans lendemain… Mais l'alchimie qui les poussait l'un vers l'autre avait été la plus forte.

Même alors, elle avait toujours répété qu'elle n'attendait rien. Normalement, Daniel se serait réjoui de ce scénario de rêve. Enfin une femme qui mettait des limites sans qu'il ait besoin de le faire ! Ce jour-là, malgré tout, son refus l'avait offusqué.

« As-tu une idée de la valeur de ce bracelet ?

— Je m'en moque, Daniel. Je n'en veux pas, c'est tout. Cela me met très mal à l'aise. »

C'était la première femme qui refusait un cadeau. Cyniquement, il s'était demandé si, en dépit de ses protestations, Mia n'agissait pas par stratagème. Mais le lendemain matin, au moment où il partait de chez elle, elle lui avait tendu l'écrin.

« N'oublie pas cela.

— Tu n'en veux vraiment pas ?

— Merci, mais non… »

Le passé s'estompa et le présent s'imposa de nouveau.

— Je t'en prie, Daniel, je dois vraiment rentrer.

— Avec n'importe qui d'autre, nous appellerions la police.

Elle blêmit. Un instant, il crut qu'elle allait s'évanouir et il tendit le bras pour la soutenir, mais elle recula si vivement qu'elle se cogna contre la table.

— Mia… À la fin, vas-tu me dire pourquoi tu es là ?

Elle se mordit la lèvre machinalement. Autrefois, il pensait qu'elle le faisait exprès, mais c'était inconscient.

Elle se mit à parler, si vite qu'il avait du mal à la comprendre.

— C'est à cause de ma fille. Une amie la garde, mais Lexi a de la fièvre et elle a vomi.

Daniel eut froid, tout à coup.

— Tu as un bébé ?

Deux ans avaient passé depuis leur rupture. Elle pouvait très bien avoir rencontré quelqu'un et avoir un enfant. *Un autre bébé.* Avec un autre homme. *Lexi. Une fille.*

— Oui.

Daniel secoua la tête. Les mots sortirent tout seuls, avant qu'il ait le temps de comprendre pourquoi il avait besoin de savoir.

— Comment ? Qui… ?

Mia le regarda pendant un moment qui sembla durer une éternité.

Prenant soudain conscience de la présence des deux vigiles, Daniel s'adressa abruptement à eux.

— Laissez-nous.

Ils sortirent.

Mia le regardait toujours.

Il eut l'impression déconcertante que le sol se dérobait sous ses pieds. Pourtant, il n'avait pas de crainte à avoir. Cet enfant n'était pas de lui…

— Je n'ai pas envie d'en parler maintenant, répondit Mia. Je veux m'en aller.

Une impulsion irraisonnée s'empara de Daniel.

— Tu ne partiras pas avant de m'avoir dit qui est le père. Tu es toujours avec lui ?

La gorge de Mia se serra. Son cœur battait follement dans sa poitrine. Elle avait espéré de toutes ses forces que Daniel aurait perdu tout attrait à ses yeux, que le désir était mort une fois pour toutes avec les mots qu'il avait prononcés avant de la quitter.

« C'est sûrement mieux ainsi. »

Il n'en était rien. Son corps vibrait encore en sa présence, tel un instrument de musique merveilleusement accordé. Après tout ce qui était arrivé depuis leur dernière rencontre, c'était très déconcertant.

Elle avait eu un bébé. Elle avait eu la chance de vivre cette expérience, une des plus belles au monde. En cet instant pourtant, elle ne pensait plus qu'à Daniel. Le revoir la bouleversait.

La puissance et l'autorité qui émanaient de lui s'étaient encore affirmées, comme si sa virilité se renforçait en révélant sa vraie nature, intransigeante et implacable.

« C'est sûrement mieux ainsi. »

Mia s'efforça de se concentrer. Sa priorité était de partir le plus vite possible.

— Non, je ne suis pas avec le père.

— Qui est-ce ?

Le cœur de Mia battit plus fort. Que répondre ? « Tu ne le connais pas » ou « Cela ne te regarde pas »… Non, il n'était pas question de mentir et d'atermoyer.

Après tout, elle était venue pour le lui dire.

Elle inspira profondément.

— C'est toi.

Interloqué, il ne réagit pas.

— Lexi est ta fille. Elle a dix-huit mois, reprit Mia.

Pourtant jamais à court de mots, Daniel Devilliers resta sans voix.

— Je suis désolée. Je ne voulais pas te l'annoncer de cette façon, ajouta-t-elle. J'espérais obtenir un rendez-vous avec toi pour t'expliquer la situation.

Malheureusement, les circonstances en avaient décidé autrement. Elle était en position d'accusée, soupçonnée d'avoir voulu dérober des bijoux Devilliers…

Daniel retrouva la parole.

— Mais… Comment est-ce possible ?

Le téléphone de Mia vibra de nouveau et elle décrocha.

— Bon, j'arrive aussi vite que possible, déclara-t-elle.

Elle se tourna ensuite vers Daniel.

— Excuse-moi de t'avoir asséné ainsi pareille nouvelle. Ce n'était pas mon intention…

Avisant une feuille de papier et un stylo sur un bureau, elle griffonna son adresse et son numéro de téléphone.

— Si tu veux avertir la police, ou tout simplement parler avec moi, voici où j'habite.

Elle se dirigea vers la porte et l'ouvrit, mais l'agent de sécurité lui barra le passage et interrogea Daniel.

— Monsieur… ?

— Laissez-la partir, commanda-t-il de sa voix grave.

Elle n'eut pas le temps de savourer son soulagement. À l'entrée, une meute de paparazzis attendaient en embuscade, appareil-photo au poing. Heureusement, n'ayant jamais accédé au statut de star, elle n'était pas suffisamment connue pour les intéresser. Mais il n'y avait pas de taxi en vue. À l'instant où elle sortait son portable pour en commander un, une main familière se posa sur son bras.

*Daniel.*

La mine sombre, il la ramena à l'intérieur.

— Viens, je vais te raccompagner. Ma voiture est garée à l'arrière.

Rassurée, elle le suivit le long d'un couloir menant à une porte dérobée. Daniel tendit à son chauffeur le bout de papier avec l'adresse de Mia et ils se mirent en route.

C'est seulement quand ils laissèrent la place Vendôme derrière eux que Mia comprit ce qui se passait. Elle connut un nouvel accès de panique. Elle n'était pas du tout prête à lui présenter Lexi et tout lui expliquer.

Elle observa à la dérobée son profil sévère. Il dénoua son nœud papillon et déboutonna son col de chemise. Il avait de grandes mains, très masculines, pas du tout celles d'un homme d'affaires milliardaire manipulant quotidiennement des diamants et des pierres précieuses.

Au grand dépit de Mia, la flamme du désir se ranima violemment en elle.

— Tu n'aurais pas dû quitter la soirée. C'est un événement important.

Le regard qu'il lui lança lui donna la chair de poule.

— Oui. Mais l'annonce de ma paternité l'a brusquement relégué à l'arrière-plan.

Le chauffeur releva la vitre intérieure pour préserver leur intimité. Mia connaissait le caractère déterminé de

Daniel. Il serait quasiment impossible de le faire changer d'avis. Elle essaya néanmoins.

— Le moment est mal choisi. Lexi…

— Quel drôle de prénom, s'exclama-t-il.

Mia se hérissa.

— C'est un diminutif. Elle s'appelle Alexandra.

— Il n'était pas très opportun non plus de perturber le gala d'inauguration de la maison Devilliers, ironisa Daniel.

Mia refusa de se sentir coupable.

— J'ai vainement essayé de te joindre par d'autres moyens. Le numéro que j'avais est obsolète et ta secrétaire a refusé de te transmettre mon nom en l'absence d'informations plus précises. Je n'allais tout de même pas lui donner des détails ! Quand je suis venue à la boutique, l'immeuble était en travaux et tu n'étais pas à ton bureau.

— Nous étions installés ailleurs provisoirement.

— Il aurait été plus simple d'obtenir un rendez-vous avec le président des États-Unis !

Daniel ne se dérida pas.

— Si ce que tu dis est vrai… Si ce bébé est de moi, ce qui semble tout à fait impossible étant donné les circonstances de notre dernière rencontre…

— Elle est de toi, coupa Mia.

Daniel crispa les mâchoires.

— Dans ce cas, pourquoi ne pas m'avoir averti plus tôt ?

Une amertume douloureuse, familière, étouffa le désir de Mia.

— Tu étais marié.

Un muscle tressauta sur la joue de Daniel.

— J'avais tout de même le droit de savoir.

— J'ai tenté de te contacter dès que j'ai appris ton divorce.

— Et si je n'avais pas divorcé ?

La douleur se fit plus vive.

— J'aurais fini par te l'annoncer un jour ou l'autre, déclara-t-elle, sur la défensive.

Daniel émit une exclamation incrédule.

— Je suis sincèrement désolée pour toi, ajouta-t-elle. Quelles que soient les circonstances de ton mariage, cela n'a pas dû être facile.

— Tu fais allusion au mariage arrangé ?

Mia et Daniel se fréquentaient depuis presque deux mois quand le projet matrimonial de Daniel avait fait les gros titres des journaux. Il était depuis longtemps destiné à épouser l'héritière d'une des plus anciennes dynasties de France. La nouvelle avait pris de court Mia, qui avait déjà vécu une expérience similaire avec son premier petit ami.

Daniel avait traité la chose à la légère.

« Ce n'est pas un véritable *engagement*. Mon grand-père avait conclu cet accord avec la famille Valois quand il a eu besoin de leur emprunter de l'argent. Franchement, j'avais complètement oublié cette histoire.

— Pas ta fiancée, apparemment », avait répondu Mia avec colère.

Elle avait jeté le journal par terre, avec la photo de la future Mme Devilliers qui souriait d'un air impassible.

« Je comprends pourquoi tu étais si content que notre liaison clandestine ne s'ébruite pas. Cela t'aurait porté tort », avait-elle ajouté.

Il avait plissé les yeux d'étonnement.

« C'est toi qui insistais sur la discrétion. Tu ne voulais pas t'engager. »

C'était vrai. Mia avait soudain compris que tous ses efforts pour se protéger n'avaient servi à rien. Elle s'était juré de ne jamais tomber amoureuse d'un homme comme Daniel, riche et privilégié, mais avait lamentablement échoué. Elle avait le cœur brisé… Les leçons tirées de son expérience précédente ne lui avaient pas épargné une nouvelle humiliation.

L'attention de Mia se focalisa de nouveau sur le moment présent quand la voiture tourna dans sa rue.

— Je préférerais vraiment que tu reviennes un autre jour.

— Tant pis. Je veux des réponses à mes questions et je ne partirai pas avant de les avoir obtenues.

# 2.

Devant sa porte, Mia se tourna vers Daniel. Il était tellement grand que le palier semblait avoir rétréci.

— Tu peux attendre un peu ? J'ai besoin de vérifier comment va Lexi et… elle n'a pas l'habitude de voir des hommes chez nous. Je dois la prévenir que nous avons un visiteur.

Il hésita.

— Tu as cinq minutes, Mia.

Elle se glissa à l'intérieur. Simone apparut sur le seuil de la chambre avec dans les bras une Lexi aux joues très rouges. Le cœur de Mia se serra. Avec ses boucles brunes et ses beaux yeux gris, l'enfant était le vivant portrait de Daniel.

— Mama ! s'écria Lexi en lui tendant les bras.

Mia la prit doucement contre elle en murmurant des mots de réconfort.

— Je suis désolée, Mia, dit Simone. J'ai peut-être réagi de façon excessive. Je n'ai pas l'habitude de voir des enfants malades.

— Ce n'est pas grave si tu t'es affolée pour rien. Ne t'inquiète pas.

Mia vérifia la température de Lexi et poussa un soupir de soulagement.

— Elle n'a plus de fièvre. C'était juste un pic passager. Cela arrive.

Simone chatouilla Lexi sous le menton.

— Petite coquine ! Tu m'as fait peur !

— En tout cas, merci de m'avoir dépannée, Simone, reprit Mia. Tu peux rentrer, maintenant.

— Tu ne veux pas retourner à la soirée ?

— Non, ce n'est plus la peine.

Des coups péremptoires résonnèrent à la porte et son amie lui lança un sourire malicieux en enfilant son manteau.

— La fête va se poursuivre ici alors ?

— Pas vraiment, répliqua Mia en songeant à la mine sévère de Daniel.

Elle fit les présentations dans le vestibule. Pour une fois, Simone resta sans voix, et son regard médusé se porta alternativement sur Daniel et Lexi.

— Merci encore, dit Mia sur un ton précipité.

Simone partit sans dire un mot.

Très pâle, Daniel semblait tétanisé.

— Qu'y a-t-il ? demanda Mia nerveusement. On dirait que tu viens de voir un fantôme.

Daniel n'entendit même pas ce que disait Mia. Il avait l'impression d'avoir sa petite sœur en face de lui. Avec ses boucles brunes, ses yeux immenses, sa bouche en bouton de rose et ses bonnes joues rebondies. Elle lui tendait toujours ses bras potelés pour qu'il la porte. « Danny ! Danny ! » Il avait encore présent à l'oreille son cri d'effroi, comme si c'était hier, juste avant le plongeon.

— Daniel… *Daniel ?*

Mia le fixait avec une expression interrogative. Il se sentit très vulnérable.

— Entre, reprit-elle en s'effaçant devant lui.

L'appartement était petit, mais les hauts plafonds apportaient du volume. Il était meublé simplement, mais confortablement et avec goût. Mia savait créer des atmosphères apaisantes.

Le visage de Lexi apparut au-dessus de l'épaule de Mia. L'enfant sortit son pouce de sa bouche et se mit à babiller.

Mia se retourna vers son ancien amant. Quel étonnement de le voir là en smoking, en train de sourire à… *sa fille* !

— Que s'est-il passé ?

— Elle m'a rappelé quelqu'un, répondit-il à contrecœur.

— Qui ?

— Ma sœur.

— Tu ne m'as jamais parlé d'elle.

Un poids comprima la poitrine de Daniel.

— Elle est morte.

— Oh… Désolée.

— Il y a longtemps.

— Lexi lui ressemble ?

Daniel hocha la tête. Il n'arrivait pas à croire à l'existence de cette enfant. *Sa fille.*

— Elles auraient pu être jumelles.

Un son étranglé sortit de la gorge de Mia, très pâle tout à coup. Elle se mit à parler de manière volubile, comme pour cacher son trouble.

— Je vais la changer et lui donner un biberon avant de la coucher. Ensuite… nous discuterons. Sers-toi quelque chose. La machine à café est dans la cuisine. Je ne sais pas si tu bois toujours autant de café…

Un autre souvenir ramena Daniel deux ans en arrière. Mia secouait la tête d'un air effaré.

« Franchement, tu devrais réduire ta consommation de café. Et tu t'étonnes de ne pas dormir ! »

D'autorité, elle lui avait enlevé sa tasse. Puis, elle avait repoussé l'ordinateur portable pour s'installer à califourchon sur ses genoux. Ses cheveux cuivrés retombaient en cascades sur ses épaules Elle portait une chemise à lui, entrouverte sur sa jolie poitrine.

Il l'avait saisie par la taille. Elle n'avait pas de sous-vêtements. Il avait exploré la rondeur de ses fesses tout en prenant la pointe d'un sein entre ses lèvres…

— … dans quelques minutes…

Daniel cilla les paupières en revenant à l'instant présent tandis que Mia disparaissait dans une chambre. Il prit une longue inspiration et passa les doigts dans ses cheveux, encore troublé par la vivacité des réminiscences et bouleversé par l'incroyable découverte de sa paternité.

Il restait à comprendre comment cela était possible.

Avisant une table roulante avec des bouteilles, Daniel s'approcha pour se servir un whisky qu'il avala cul sec. Le feu qui lui brûla la gorge le calma un peu.

Mia s'attarda à contempler son bébé endormi. Mais il ne servait à rien de se dérober plus longtemps à la confrontation inévitable. Daniel attendait depuis plus d'une demi-heure. Il devait s'impatienter.

Réalisant qu'elle portait toujours sa robe de soirée, elle se changea pour une tenue plus confortable, et surtout moins provocante. Après avoir enfilé un jean et une chemise à manches longues, elle retira les épingles de son chignon et se sentit davantage elle-même.

Daniel était assis sur son petit divan, qui paraissait maintenant encore plus minuscule. Il avait ôté sa veste et son nœud papillon défait retombait sur sa chemise entrouverte. Un verre à la main, il avait les jambes allongées devant lui dans une posture détendue. Malgré tout, elle perçut sa nervosité.

Il leva son verre.

— La bouteille était neuve, je l'ai ouverte Cela ne t'ennuie pas, j'espère ?

— Non, pas du tout.

La gorge sèche, elle alla s'asseoir dans un fauteuil en face de lui, avec l'impression bizarre d'être invitée dans son propre appartement. Elle aurait volontiers bu quelque chose aussi, mais préférait garder les idées claires. Daniel Devilliers avait une propension inquiétante à semer le désordre dans son esprit.

— Bien, vas-tu enfin m'expliquer comment il est possible que j'aie une fille, alors que je t'ai vue pour la dernière fois à l'hôpital après ta fausse couche ?

Mia serra si fort les poings que ses ongles s'enfoncèrent dans ses paumes. L'image de Daniel au pied de son lit, sombre et sévère, la hantait encore.

« C'est sûrement mieux ainsi. »

Elle secoua la tête, comme pour rendre de la cohérence à ses pensées.

— Mia, tu me dois une explication.

Elle se leva avec agitation. Trop de souvenirs empiétaient sur le présent.

— Je sais. J'ai… Accorde-moi encore une minute, d'accord ?

Elle alla se planter devant la fenêtre qui donnait sur les toits de Paris. Le regard de Daniel lui vrillait le dos, juste entre les omoplates.

Elle se tourna vers lui, les bras croisés. Au moment où elle ouvrit la bouche, elle surprit une étincelle, dans ses yeux. Il fixait son décolleté. Elle avait mal boutonné sa chemise et on apercevait ses seins dans l'entrebâillement…

Horriblement embarrassée, elle remit promptement de l'ordre dans sa tenue. Croyait-il qu'elle l'avait fait exprès ?

Quand elle se redressa, Daniel, de nouveau impassible, sirotait son whisky. Son trouble s'accentua. Pourquoi l'atmosphère était-elle si lourde et orageuse soudain ? Leur histoire appartenait au passé. Cet homme avait été marié et avait sans nul doute eu d'innombrables maîtresses entre-temps…

Il fronçait les sourcils.

— Mia…

Elle tenta de se ressaisir.

Tout à coup, une expression choquée se peignit sur les traits de Daniel.

— Tu m'as menti, pour la fausse couche ?

Il lui fallut quelques secondes pour comprendre la question. Horrifiée, elle recula.

— Mais non ! Comment peux-tu penser une chose pareille ?

Daniel se leva avec un geste en direction de la chambre.

— Je suis incapable de m'expliquer l'existence de ce bébé.

*Ce bébé.*

— Elle s'appelle Lexi. C'est ta fille.

— J'ignorais tout d'elle avant ce soir…

Mia se força à affronter son regard pénétrant.

— J'ai réellement fait une fausse couche. Mais j'étais enceinte de jumeaux sans le savoir. Ils ne s'en sont pas aperçus à l'hôpital et je ne m'en suis rendu compte qu'un mois plus tard.

— Pourquoi ne m'as-tu rien dit ?

Parce qu'elle avait reçu la confirmation du médecin le jour du mariage de Daniel. Il avait annoncé les fiançailles officielles une semaine après l'hospitalisation de Mia et n'avait pas perdu de temps pour tourner la page.

Craignant de trahir à quel point elle en souffrait encore, elle évita son regard.

— Je n'allais pas très bien. J'avais une infection et j'ai failli perdre Lexi. Je ne savais pas si je mènerais la grossesse à terme.

— Mais tu as accouché.

— Oui. J'ai repris des forces. Il n'y a pas eu de complications.

— Encore une fois, pourquoi n'ai-je pas été mis au courant ?

Comment expliquer ce qu'elle ne comprenait pas vraiment elle-même ? Son univers s'était recroquevillé autour de son bébé. Il lui fallait s'accoutumer à une nouvelle existence et le quotidien l'occupait tout entière. Avec la fatigue, elle avait l'impression de vivre dans le brouillard. Elle avait peur de paraître faible et ridicule, d'avoir l'air d'appeler au secours.

— J'ai songé plusieurs fois à te contacter. Mais Paris était très loin et je craignais de perturber ton mariage. Plus j'attendais, plus cela devenait difficile. Quand je me suis décidée, je n'ai pas réussi à te joindre.

Il plissa le front.

— Tu ne vivais plus à Paris ?

— Non, j'avais déménagé dans le sud de la France après avoir perdu notre… le bébé. Je voulais prendre un nouveau départ. Une amie à moi avait une petite agence de mannequins. J'ai posé pour des catalogues. C'est là-bas que Lexi est née. Je ne suis revenue à Paris que depuis quelques semaines.

Le silence qui suivit aviva la culpabilité de Mia, qui percevait à présent l'énormité de son secret.

Elle tenta de se justifier.

— Ta réaction, la première fois, a aussi pesé dans la balance. Tu ne m'aurais pas fait très bon accueil…

Daniel n'avait pas grand-chose à dire pour sa défense.

À peu près un mois après leur rupture, Mia était venue le voir à son bureau. Elle avait mauvaise mine et était très nerveuse. À son grand dépit, le désir qu'elle lui inspirait avait resurgi d'un coup, exactement comme ce soir à la soirée de gala.

Il avait justement convenu d'un rendez-vous avec Sophie Valois pour discuter de leur mariage. En revoyant Mia en chair et en os, il avait réalisé combien leur histoire avait compté dans sa décision de se rapprocher de Sophie. Parce que Mia avait pris trop d'importance dans sa vie. Comme il ne voulait absolument pas de complications sentimentales, un mariage arrangé semblait la solution idéale pour éviter ce genre d'écueils.

Ses parents, des êtres égoïstes jusqu'à la cruauté, avaient semé en lui la volonté de ne pas reproduire leurs erreurs et surtout de ne pas transmettre leurs gènes toxiques à une nouvelle génération. La mort de sa sœur l'avait presque détruit et sa responsabilité dans l'accident l'avait convaincu qu'il ne méritait pas d'être heureux comme tout un chacun.

Néanmoins, le jour où Mia avait découvert l'annonce de son mariage dans le journal lui avait donné à penser. Il avait reconnu dans ses yeux sa propre souffrance. Son sens du devoir et des responsabilités l'écrasait. Brièvement, il avait entrevu la possibilité d'une autre existence. Mais très vite il s'était rétracté. Il ne pouvait pas offrir à Mia le bonheur d'une vie simple et paisible. Malgré tout le plaisir qu'il avait à être avec elle.

Quand Mia avait vigoureusement protesté, assurant qu'elle n'attendait rien de lui, sa fermeté l'avait rassuré. C'était la femme la plus indépendante qu'il ait jamais rencontrée. Il l'avait donc quittée sans arrière-pensées, en se promettant de ne plus s'attacher à personne. Finalement, ce désir d'une vie différente était un leurre. Ce n'était pas pour lui.

Daniel avait passé le mois suivant à reconquérir son

self-control. Il s'était plongé dans le travail, formant de nouveaux projets. Rien, pourtant, ne le sortait de sa torpeur.

Jusqu'à la visite de Mia à son bureau, les cheveux tirés en arrière, en jean et d'une pâleur anormale.

Il avait résisté à l'envie de la serrer contre lui, d'explorer ses courbes féminines, de la caresser et l'embrasser jusqu'à ce qu'elle capitule entre ses bras.

« Que veux-tu ? » avait-il demandé sèchement.

Il aurait souhaité qu'elle soit comme les autres, cupide et intéressée.

« Je suis enceinte », avait-elle annoncé brutalement.

Daniel s'était figé. Pour lui, c'était le pire scénario, celui qu'il fallait éviter à tout prix. Dans le même temps, l'image du château maléfique où il avait grandi s'était présentée à son esprit, avec le visage de sa mère déformé par la colère, et la froideur glaciale de son père. Puis, pire que tout, le corps de sa sœur dans la piscine…

« Ce n'est pas possible, avait-il rétorqué. Nous avons toujours pris des précautions. »

Mia avait rougi.

« Sauf la dernière fois… »

Elle avait raison. La passion les avait égarés…

Daniel regardait à présent Mia en s'efforçant de démêler le passé du présent. Il lui devait des excuses pour la manière dont il l'avait accueillie ce jour-là. Peu de temps après lui avoir annoncé sa grossesse, Mia se tordait de douleur et ils s'étaient précipités à l'hôpital.

Il avait appris sa paternité et perdu le bébé en l'espace de quelques heures.

Il avait essayé de s'expliquer, mais c'était trop tard. Elle n'avait pas voulu l'écouter et il ne l'en blâmait pas.

— J'ai mal réagi, ce jour-là, parce que je n'ai jamais voulu d'enfants, commença-t-il. Ma famille…

Il s'interrompit, accablé par les souvenirs douloureux.

Mia fronça les sourcils.

— Pas même pour léguer la maison Devilliers à ta descendance ?

— Les temps ont changé. La marque continuera d'exister de toute façon. Je créerai une fondation.

— Je me posais la question. Tu n'as pas eu d'enfant avec ta femme…

— Ex-femme, corrigea Daniel. Non. Ce n'était pas ce genre de mariage.

Une lueur de curiosité brilla dans les yeux de Mia, mais il n'avait pas l'intention de rentrer dans les détails.

Il assimilait peu à peu la nouvelle de sa paternité, malgré les résurgences importunes du passé et du désir. Cela allait à l'encontre de tout ce qu'il avait prévu, mais c'était ainsi.

— Voilà, fit Mia. Je voulais juste que tu saches et je regrette de ne pas te l'avoir dit plus tôt. Tu vas sans doute réclamer un test ADN…

— Pourquoi ?

— Comme preuve qu'elle est bien de toi.

— Inutile. C'est une Devilliers.

— Une Forde, rectifia-t-elle.

Un curieux sentiment de possessivité s'enracina en Daniel, comme un instinct de propriété.

— C'est une Devilliers, Mia. Une riche héritière. Que cela te plaise ou non.

Un frisson courut dans le dos de Mia. Elle ne s'attendait pas à cette réaction et pensait qu'il prendrait ses distances ou même s'enfermerait dans le déni.

Il aurait été plus facile pour elle de poursuivre son chemin en solitaire, la conscience tranquille. Elle l'avait totalement sous-estimé. Quelle naïveté !

— Je n'attends rien de toi, Daniel. Je gagne suffisamment bien ma vie pour élever Lexi sans aide financière. Je voulais juste que tu sois au courant. J'ai grandi sans savoir qui était mon père. Cela m'aurait ennuyée que Lexi fasse la même expérience.

— Elle a déjà vécu dix-huit mois sans père !

Mia rougit violemment. L'expression de Daniel lui faisait un peu peur.

— Tu viens de me dire que tu ne voulais pas d'enfants. Et tu as été très clair, à l'hôpital. *C'était mieux ainsi*, rappelle-toi.

— Parce que je ne voulais pas risquer de rendre un enfant malheureux comme je l'ai été.

— Tu as donc tant souffert ?

— Pire que tout ce que tu peux imaginer.

Mia avait toujours eu l'impression que Daniel était un être à part, supérieur intellectuellement et physiquement. À présent, elle comprenait qu'il y avait autre chose. Mais ce n'était pas le moment de creuser la question.

— Il se fait tard. Tu devrais retourner à ta soirée.

Daniel jeta un coup d'œil à sa montre.

— Cette discussion n'est pas terminée, Mia. Je te contacterai demain.

— Mais…

— Mais quoi ?

Il était inutile de protester.

— D'accord, soupira-t-elle.

Après son départ, elle essaya vainement de se détendre. Sa présence flottait encore dans l'air. Elle se perdit dans ses réflexions.

Mia s'était toujours demandé ce qui l'attirait en elle. Indépendante, ni mondaine ni intellectuelle, elle ne ressemblait pas aux femmes qu'il avait l'habitude de fréquenter.

Mais dès leur première rencontre, une puissante alchimie les avait poussés l'un vers l'autre.

Mia faisait partie d'une sélection de dix mannequins pour une campagne publicitaire de Devilliers. Elle avait été surprise d'être retenue car leur communication s'affichait glamour et sophistiquée. Avec son physique californien et ses cheveux indomptables, elle se situait plutôt à l'opposé.

Avec ses formes généreuses et sa silhouette athlétique qui tranchaient au milieu des autres, elle s'était retrouvée parmi de grandes filles longilignes de Russie, du Royaume-Uni et de France. Pendant une pause, elle s'était approchée de la table où étaient disposés les bijoux, surveillés de près par des agents de sécurité.

En dépit d'une mésaventure personnelle qui l'avait à jamais dégoûtée des bijoux, elle avait remarqué un collier, un gros rubis serti dans une monture moderne, très originale. Sous le coup d'une impulsion, elle l'avait passé à son cou, devant une glace, en relevant ses cheveux.

« Il vous va bien », avait lancé une belle voix grave.

Elle avait sursauté violemment et s'était retournée pour découvrir un homme immense et beau à couper le souffle. Vêtu d'un costume trois-pièces gris anthracite, il avait des yeux extraordinaires, d'un gris ardoise qui lui rappela les nuages de tempête sur l'océan Pacifique.

Son cœur avait marqué un temps d'arrêt. Après une fâcheuse expérience survenue deux ans plus tôt, elle se croyait guérie et définitivement immunisée contre la beauté masculine. Apparemment, elle se trompait.

Elle avait souri d'un air penaud et levé les mains pour dégrafer le collier, mais le nouveau venu, probablement un cadre de l'entreprise, s'était approché.

« Laissez-moi faire. »

Les effluves de son parfum résolument viril donnaient la chair de poule.

« Soulevez vos cheveux. »

Elle avait obtempéré. Quand ses doigts avaient effleuré sa nuque, le frémissement s'était mué en tsunami.

Leurs yeux s'étaient croisés dans le miroir. Elle avait remarqué tout de suite qu'il la dépassait de plus de dix centimètres, alors qu'elle mesurait un mètre quatre-vingts. Elle ne rencontrait pas souvent des hommes plus grands qu'elle.

« Venez. Je veux essayer quelque chose. »

Mia avait montré son jean et son T-shirt.

« La styliste ne m'a pas encore habillée.

— Vous êtes parfaite comme vous êtes. »

Il avait un accent français mais parlait anglais couramment. Il l'avait conduite devant une toile de fond noire, et subitement une activité intense s'était déployée autour de Mia. On l'avait perchée sur un tabouret et les flashs avaient crépité pendant plus d'une heure. On l'avait photographiée dans toutes sortes de poses, les cheveux lâchés ou relevés, avec une succession de colliers, bracelets et boucles d'oreilles.

Pendant tout ce temps, le mystérieux inconnu était resté là à l'observer. Un courant électrique passait entre eux, intense et énigmatique. Terriblement troublée, elle glissait parfois un regard vers lui à la dérobée. Ses yeux gris ardoise, impénétrables, ne la quittaient pas.

À la fin de la séance, Mia avait ramassé ses affaires à la hâte. Elle ne comprenait rien à ce qui se passait. En tout cas, une chose était sûre, ces photos ne risquaient pas d'être publiées…

L'homme, qui avait disparu un instant, avait resurgi tout à coup devant elle, si brusquement qu'elle avait perdu l'équilibre. Il l'avait rattrapée par le bras.

Il avait un sourire extraordinaire, infiniment sensuel, très sexy…

« Je ne me suis pas présenté. Daniel Devilliers. J'aimerais beaucoup vous inviter à dîner ce soir. »

# 3.

Bien trop choquée d'apprendre qu'il était M. Devilliers en personne, Mia n'avait pas accepté l'invitation de Daniel le premier soir. Il appartenait à une lignée de diamantaires et joailliers parmi les plus célèbres et anciennement établis. Milliardaire, il faisait partie d'une élite privilégiée, presque aristocratique.

Cela suffisait pour agiter le drapeau rouge et tirer le signal d'alarme. Ils n'étaient pas du même monde. Elle s'était déjà brûlé les ailes une fois en fréquentant un homme dans son genre. Candide, elle avait cru pouvoir s'intégrer dans son univers. Elle ne s'était jamais pardonné cette faiblesse. L'expérience lui avait servi de leçon.

Daniel ignorait évidemment le motif de ses réticences. Non seulement il était issu du même milieu que son ex-ami, mais elle n'avait eu qu'un seul amant, celui-là même qui avait gagné et trahi sa confiance en abusant de sa vulnérabilité.

C'était sans compter la détermination obstinée de Daniel à la séduire. Il était finalement venu à bout de toutes ses préventions et elle avait capitulé, fatalement.

Il lui avait envoyé des fleurs avec une carte.

*Mia,*
*Vous me plaisez, à vous de me dicter vos conditions.*
*Je suis sérieux. Appelez-moi.*

*Daniel*

Une certaine humilité transparaissait dans sa manière de se soumettre à ses désirs. Elle avait clairement énoncé sa volonté de garder ses distances avec le milieu qu'il fréquentait et il avait accepté son exigence de discrétion.

Elle redoutait le moment où Daniel s'apercevrait qu'elle n'avait guère d'expérience… pire, que le sexe ne l'intéressait pas beaucoup. Elle l'avait même prévenu en espérant le décourager. Mais rien n'avait altéré sa détermination. Loin de le dissuader, Mia semblait au contraire lui avoir lancé un défi qu'il était tout disposé à relever, comme pour dévoiler une sensualité en sommeil.

Encore maintenant, Mia s'enflammait en se remémorant leur première nuit. L'expérience l'avait fondamentalement changée, métamorphosée. Il lui avait offert un merveilleux cadeau en lui révélant sa féminité. Elle était parfaitement normale. Les échecs de sa mésaventure précédente ne tenaient pas à elle, mais au manque de générosité de son amant très égocentrique.

Daniel lui avait montré combien il était exaltant de faire l'amour avec un homme qui se souciait d'abord de donner du plaisir avant d'en recevoir.

Ils avaient poursuivi leur liaison sans attirer l'attention, à l'abri de la curiosité et des regards indiscrets. Ils se voyaient dans l'appartement de Mia, mangeaient dans de petits restaurants de quartier… Son instinct de conservation poussait Mia à refuser systématiquement toutes les invitations qui l'auraient fait sortir de leur bulle.

Malheureusement, toutes ces précautions ne l'avaient pas empêchée de…

— Nous sommes arrivés, Miss Forde.

Mia cilla les paupières. La berline venait de s'arrêter place Vendôme, devant la boutique Devilliers. Tout était calme, ce soir, contrairement à la veille.

Mia retint son souffle quand le chauffeur descendit

pour lui ouvrir la portière. Daniel lui avait envoyé un bref message dans l'après-midi.

Mon chauffeur passera te prendre à 19 heures pour t'amener chez moi.

Tentée de répondre qu'elle n'était pas libre, elle s'était ravisée. C'était terriblement immature et elle avait besoin de parler de Lexi avec Daniel. Après tout, c'était elle qui avait mis en branle les événements, et elle aurait dû le faire depuis longtemps.

Toute la journée, elle avait réfléchi aux révélations de Daniel sur sa famille. Elle avait envie d'en apprendre davantage.

La fraîcheur automnale la saisit. L'hiver s'annonçait précoce.

Elle s'était habillée avec soin, d'une robe en jersey couleur rouille avec une large ceinture, complétée par des bottes assorties et un blouson en cuir. Elle avait ramassé ses cheveux en un chignon bohème et ne portait aucun bijou.

Daniel s'étonnait toujours qu'elle n'aime pas les bijoux et elle ne lui en avait jamais expliqué la raison.

Un jour, son ex-ami lui avait offert un collier de diamants, ce qu'elle avait naïvement interprété comme une preuve d'amour. Jusqu'au moment où elle avait découvert que le collier était en réalité en zircon et ne revêtait aucune signification particulière. Elle s'était laissé abuser par un geste cynique et vide de sens…

Un employé en livrée s'avança à sa rencontre.

— Miss Forde ?

Il s'exprimait dans un anglais parfait.

— Veuillez me suivre, je vous prie. Je vous accompagne jusqu'à l'appartement.

Ils traversèrent un grand hall dallé de marbre noir et

blanc. Un lustre en cristal pendait au plafond et une gerbe de fleurs, dans une, dispensait un parfum exotique.

Dans l'ascenseur, Mia se mit à trembler d'appréhension. Elle aurait dû se préparer davantage à cette entrevue. Daniel Devilliers était redoutable.

Les portes s'ouvrirent sur un vestibule élégant, décoré dans des tons lumineux. Quand le domestique lui prit sa veste, Mia regretta d'avoir choisi une robe trop moulante.

De toute façon, il était trop tard. Daniel apparut sur le seuil, habillé d'un costume trois-pièces. Il s'adressa au majordome.

— Merci, Paul.

Puis il se tourna vers Mia.

— Tu n'as pas amené Lexi.

Mia secoua la tête.

— Ce n'est pas très bon de chambouler sa routine. Elle se couche tôt.

— Qui la garde ?

— Mon amie Simone.

— Celle qui s'affole pour un rien ?

— Oui, confirma-t-elle avec un sourire aigre-doux.

Elle se sentait ridiculement nerveuse, avec une conscience aiguë, presque animale, de la présence de Daniel.

Daniel observa Mia pendant qu'elle découvrait la décoration du salon en s'attardant devant les tableaux abstraits, seule concession à la modernité. Il reconnaissait son parfum unique, un mélange de citron vert, de musc et de rose. Elle possédait un corps admirable, même s'il ne correspondait pas exactement aux canons de la mode. Ses rondeurs l'avaient sans doute empêchée de parvenir à la célébrité. Les maisons de couture recherchaient des mannequins androgynes et longilignes.

Sa robe épousait parfaitement les courbes de cette silhouette qu'il connaissait par cœur. S'interdisant de s'aventurer en territoire dangereux, il s'obligea à penser à autre chose.

Mia se satisfaisait d'ambitions modestes, sans courir après la célébrité ou l'opulence. Sa sagesse fascinait Daniel qui, au contraire, visait depuis sa naissance à atteindre les sommets de la réussite et de la fortune. Durant les deux mois passés avec Mia, il avait pour la première fois de sa vie levé le pied et ralenti son rythme de travail forcené. Paradoxalement, la prise de recul avait été bénéfique pour les affaires. Il en avait retiré une vision d'ensemble beaucoup plus claire de ses activités.

— Tu veux boire quelque chose ?

Cette femme le perturbait au point qu'il en oubliait la plus élémentaire courtoisie.

— Avec plaisir, merci.

Il se souvenait de ses goûts et avait mis au frais un vin blanc fruité. Après avoir rempli deux verres, il lui tendit le sien en effleurant délibérément ses doigts. Une décharge électrique remonta le long de son bras. Elle dut ressentir la même chose, car ses yeux verts s'agrandirent sous l'effet de l'étonnement. L'alchimie était toujours là.

Daniel lui indiqua le canapé.

— Assieds-toi, je t'en prie.

Mia hésita, comme si elle craignait un piège, puis s'installa sur les coussins avec une grâce naturelle. Enfant, elle voulait devenir danseuse, mais une blessure au genou l'avait empêchée de réaliser son rêve.

Il prit place en face d'elle, de l'autre côté de la table basse.

— Je suis désolée d'avoir créé un incident pendant la soirée d'hier, s'excusa-t-elle. Cela ne s'est pas passé comme je l'espérais, mais c'était l'occasion idéale pour te revoir.

— Combien de temps aurais-tu encore attendu si je n'avais pas divorcé ? lança-t-il impatiemment.

Un coup d'aiguillon perça Mia au ventre.

S'il n'avait pas divorcé, sa femme aurait assisté avec lui au gala d'inauguration. Petite, très brune, aussi raffinée que lui, elle était du même monde. Mia se remémora honteusement les heures passées sur Internet à se torturer en se renseignant sur elle.

— Je ne sais pas, admit-elle. Mais j'aurais fini par trouver un moyen de te prévenir.

— Tu aurais dû le faire dès que tu as su.

— Je l'ai appris le jour de ton mariage.

Elle se leva avec agitation, fâchée d'avoir livré cette information.

— Je n'étais même pas sûre de garder le bébé. J'avais de bonnes raisons d'attendre. Ensuite, après la naissance… j'ai vraiment été débordée. Ce n'est pas facile de mener de front la maternité et une carrière.

Daniel fronça les sourcils.

— Tu ne peux pas me blâmer de ne pas avoir été là pour t'aider.

Un mélange de colère et de culpabilité submergea Mia.

— Et toi, tu ne peux pas me blâmer d'avoir longuement hésité après ce que tu m'as dit à l'hôpital.

Le visage de Daniel se fit de marbre.

— Comme je te l'ai indiqué, j'avais certains motifs pour ne pas vouloir fonder une famille.

Mia passa derrière le canapé, comme pour se protéger.

— Maintenant que nous avons un enfant ensemble, tu peux m'expliquer davantage.

Daniel se mit lui aussi debout et se dirigea vers la

fenêtre. De dos, il paraissait encore plus grand, avec sa large carrure et ses jambes immenses.

— J'ai grandi dans un milieu très privilégié, commença-t-il, non sans réticence. Mes parents devaient penser que leur fortune suffisait à notre éducation, comme si nous n'avions pas besoin d'amour, de soins, d'attention… Nous étions complètement livrés à nous-mêmes, quasiment abandonnés.

— Toi et ta sœur ?

Il se retourna en hochant la tête. Son visage était dans l'ombre et Mia ne voyait pas son expression.

— Quel âge avait-elle quand elle est morte ?

— Six ans, répliqua-t-il d'une voix sèche. J'en avais neuf.

— Oh… Comment…

Daniel l'interrompit.

— On ne nous a jamais battus ni abusés d'aucune façon, mais la négligence est une forme de cruauté. À cause de mes parents, je suis incapable de fonder une famille heureuse. Pour autant, je ne fuirai pas mes responsabilités envers Lexi.

Un mauvais pressentiment s'empara de Mia. En même temps, le ton de Daniel suscitait son empathie.

Elle se mordit la lèvre en hésitant.

— Ton mariage a échoué à cause de cela ? Ta femme voulait des enfants ?

Daniel revint en pleine lumière, avec un petit sourire qui surprit Mia.

— Non, ce n'est pas la raison. Mon ex-femme décidera peut-être plus tard d'avoir des enfants, mais cela ne faisait pas partie du contrat.

— Pourquoi vous êtes-vous mariés, alors ?

— Pour les affaires. Nous étions d'accord dès le début sur la durée du mariage.

— Ah.

Cela ne signifiait pas qu'il n'avait pas désiré sa femme… qu'ils n'avaient pas…

— Je lis dans tes pensées, Mia.

Sa remarque la mit en rage.

— Cela ne te regarde pas vraiment, mais le mariage n'a pas été consommé, précisa-t-il.

— Que veux-tu dire ? demanda-t-elle en craignant de trahir un soulagement qui lui faisait honte.

— As-tu vraiment besoin d'une explication ?

Elle rougit.

— Non, mais… pourquoi ?

— Parce qu'elle est homosexuelle, et sa famille ultra-conservatrice. Ils ne lui auraient jamais légué l'héritage s'ils avaient su la vérité. Notre mariage lui permettait de brouiller les pistes. Elle a orchestré une fuite dans les journaux parce qu'elle avait peur que je revienne sur l'accord entre nos deux familles. Quand je l'ai rencontrée, elle m'a expliqué la situation et j'ai accepté de l'épouser pour divorcer dès qu'elle aurait touché l'héritage.

Mia digéra l'information. C'était un mariage blanc. *Ils n'avaient pas couché ensemble.*

Mais Daniel avait certainement eu de nombreuses maîtresses, songea-t-elle aussitôt, même si la presse people n'avait jamais rien ébruité.

— Tu es toujours mannequin ?

La question de Daniel créa une diversion et elle abandonna sans regret le cours de ses pensées oiseuses.

— Oui, je suis de nouveau en relation avec mon agent à Paris. J'ai posé pour des vêtements de grossesse quand j'étais enceinte, dans le sud de la France. Après la naissance de Lexi, j'ai travaillé à mi-temps dans un café, en attendant d'avoir retrouvé une silhouette acceptable pour reprendre mon métier.

Elle pesta intérieurement d'avoir choisi ces mots en

surprenant le regard de Daniel sur ses formes. Elle était loin d'être parfaite, et ce qui l'avait séduit avait de toute façon cessé de lui plaire depuis longtemps.

— J'aurais pu t'aider.

De nouveau, elle se sentit coupable.

— J'avais quelques économies. Nous n'avons manqué de rien. Nous avions un appartement agréable sur le front de mer.

Malgré tout, elle pensait constamment à Daniel, à Paris, qui ignorait tout de la situation.

Elle but une gorgée de vin.

— Je n'ai besoin de rien, Daniel. Je voulais juste que tu saches.

Il secoua la tête.

— Je devrais me contenter de voir grandir ma fille loin de moi ? Non, Mia. Cela ne peut pas se passer ainsi.

Elle prit peur.

— Je m'en sors très bien.

— Si je ne te connaissais pas, je prendrais cela pour une ruse, commenta-t-il avec un demi-sourire.

Il s'approcha, avec une expression qu'elle ne lui avait jamais vue.

— Lexi est ma fille.

*Une fille que tu n'as pas désirée.*

Elle avait les mots au bord des lèvres, mais ne les prononça pas.

— Que veux-tu ? répliqua-t-elle nerveusement. Nous pouvons très bien nous mettre d'accord sur des modalités de garde ou de visite. Je ne t'empêcherai pas de voir ta fille, ni de t'occuper d'elle si tu le souhaites. Sinon, je ne serais pas là.

— Non, Mia, ce n'est pas suffisant. Lexi est une Devilliers. Une seule solution me permettra d'assumer pleinement ma paternité. Nous devons nous marier.

Daniel fut le premier étonné d'énoncer aussi facilement une décision totalement inconsciente. La proximité de Mia et les émotions qu'elle suscitait, sans parler des souvenirs, l'avaient à son insu poussé dans cette voie et il ne le regrettait pas. Mais le choc et la peur qu'il lut sur les traits de Mia l'irritèrent.

— Il n'en est pas question, déclara-t-elle, livide.

Il n'avait pas l'habitude qu'on lui refuse quoi que ce soit. Il n'y avait que Mia pour s'opposer à lui. Comme au début de leur relation… Que d'efforts il avait dû déployer pour la séduire ! La fascination était si forte qu'il l'avait littéralement assiégée, jusqu'à ce qu'elle capitule. Il avait même un peu honte de l'avoir harcelée ainsi. Mais un désir insatiable le hantait sans répit.

Beaucoup de temps avait passé. Il s'agissait maintenant d'envisager l'avenir le plus raisonnablement possible.

*La raison n'a rien à voir là-dedans. Tu as toujours envie d'elle. En ce moment même.*

Mia recula d'un pas en secouant la tête.

— Je ne me marierai pas avec toi, Daniel. Ta suggestion est ridicule. Quoique, à la réflexion, elle ne me surprenne pas. Un enfant illégitime est inacceptable pour un Devilliers. Il est plus correct de légaliser la situation.

— Lexi mérite tout de même sa part d'héritage, non ?

Mia rougit.

— Je ne l'en priverai pas. Elle pourra même porter ton nom plus tard si elle le souhaite. Il n'y a pas d'amour entre nous, Daniel, et ta proposition va à l'encontre de tes convictions. Je ne m'accommoderai pas d'une comédie destinée à sauver les apparences. Lexi et moi méritons mieux.

Daniel s'esclaffa.

— Tu es devenue romantique ? Depuis quand ?

— Peut-être depuis que j'ai un bébé. Mes priorités

ont changé. Crois-moi, Daniel, je n'ai aucune illusion sur les relations sentimentales. Je ne donnerai pas à ma fille l'exemple d'un couple sans amour. Mais elle saura qui est son père et tissera peut-être des liens avec toi.

Elle posa son verre, comme pour s'en aller, mais Daniel la retint par le bras. Il la lâcha presque aussitôt comme s'il avait peur de la serrer contre lui et d'étouffer ses protestations d'un baiser sur ses lèvres.

— Tu épouserais quelqu'un d'autre que le père de ton enfant ?

— Pour offrir à Lexi le bonheur d'un foyer ? Peut-être.

La tête de Mia lui tournait. *Le mariage !* Elle ne savait pas à quoi s'attendre, mais certainement pas à cela. À sa grande honte, un frémissement de plaisir l'avait envahie en écoutant Daniel. Malheureusement, toutes ses illusions étaient mortes le jour où il avait prononcé d'autres mots, à l'hôpital.

« C'est sûrement mieux ainsi. »

Cela ne changeait pas grand-chose de comprendre pourquoi il avait dit cela. Sauf qu'un élan d'empathie la poussait dangereusement vers lui. Raison de plus pour garder des distances circonspectes…

De toute façon, il ne pouvait pas l'obliger à se marier… Élevée par une mère célibataire, elle n'avait jamais cru à l'amour romantique. Néanmoins, sa première histoire sentimentale avait révélé une faille qu'elle ignorait, le rêve secret qu'elle nourrissait malgré tout d'une vraie famille, avec deux parents qui s'aimaient et se respectaient. Elle s'en voulait honteusement, comme si cette aspiration inavouable trahissait la mémoire de sa mère.

Ce rêve fugace s'était brisé contre le cynisme de son

ex-ami. « Je n'ai jamais envisagé de m'engager avec toi, Mia. Tu n'es pas assez bien pour moi. »

Elle avait désormais une conception du mariage beaucoup plus pragmatique. Mais Daniel Devilliers était le dernier homme qu'elle épouserait. Elle avait commis une fois une énorme erreur de jugement. Cela ne se reproduirait pas.

# 4.

— Tu as mangé ?

La question inattendue de Daniel tira Mia de ses réflexions.

— J'ai eu une journée non-stop et mon cuisinier m'a préparé à dîner, reprit-il. Veux-tu te joindre à moi ?

Elle avait sauté le déjeuner et son estomac criait famine. Attribuant son léger vertige à une crise d'hypoglycémie, et non pas à la proposition de mariage de Daniel, elle accepta à contrecœur.

Il enleva veston et cravate pour se mettre à l'aise, et la guida vers la salle à manger. En gilet et bras de chemise, il restait parfaitement élégant, sur un mode décontracté. Et un rien libertin, ajouta-t-elle dans son for intérieur en se remémorant les soirées passées avec lui.

Mais il valait mieux ne pas s'égarer…

Le couvert était mis pour deux au bout d'une très longue table. Daniel lui tint galamment sa chaise et elle s'assit en évitant soigneusement tout contact.

Une gouvernante entre deux âges apporta le hors-d'œuvre, une salade de cresson à la poire et aux noix, divinement assaisonnée. Mia retint un soupir de plaisir. Elle qui aimait tant manger et avait un solide appétit se nourrissait à la va-vite depuis la naissance de Lexi. Le temps lui manquait pour cuisiner.

Daniel remplit leurs verres.

— D'où te vient ta passion pour la gastronomie ? demanda-t-il. Tu ne me l'as jamais dit.

— De ma mère. C'était un fin cordon-bleu. Elle aurait aimé suivre une formation de chef. Mais c'était trop onéreux.

— Sa vie de mère célibataire n'a pas dû être facile…

— En effet. Elle travaillait dur pour joindre les deux bouts.

— Malgré cela, tu voudrais imposer la même existence à ta fille ?

Mia le foudroya du regard. Elle aurait dû se douter que sa conversation n'était pas anodine. Il suivait une stratégie.

— Ce n'est pas du tout pareil. Lexi te connaîtra et je gagne beaucoup mieux ma vie que ma mère.

— Pour le moment.

— Que veux-tu dire ?

On apporta la suite et elle se força à sourire.

— Tu ne pourras pas éternellement être mannequin.

Sa remarque faisait mouche, car elle avait déjà pensé à l'avenir. Mais elle avait quelques idées de reconversion.

Elle redressa le menton.

— Je m'en inquiéterai le moment venu. Je reprendrai des études… Je passerai une licence.

Les arts l'avaient toujours intéressée, mais la mort de sa mère ne lui avait pas permis de rentrer à l'université.

— Qui s'occupera de Lexi ?

— Peut-être toi, qui sait ? éluda-t-elle.

Mais elle imaginait mal Daniel en train d'attendre sa fille à la sortie de l'école. Il enverrait plutôt son chauffeur…

Son appétit légendaire lui faisait défaut ce soir et, après quelques bouchées de tournedos, Mia posa son couteau et sa fourchette.

— Ce n'est pas bon ? interrogea Daniel.

— Si, c'est délicieux. Mais… j'aimerais que nous

trouvions rapidement un accord au sujet de Lexi. Je ne voudrais pas rentrer trop tard.

Daniel repoussa son assiette. Dehors, le crépuscule était tombé.

— Je t'ai déjà dit ce qu'il fallait faire.

*Se marier.*

Mia posa sa serviette sur la table et se leva.

— Si tu ne te montres pas plus raisonnable, je m'en vais.

Elle voulait aussi échapper le plus vite possible à sa présence envoûtante, qui réveillait trop de désir et de passion. Sa proximité la menaçait. Elle ne voulait pas sombrer de nouveau dans l'égarement des sens qui l'avait menée jusqu'ici, ce lieu et cet instant.

Pourtant, sa vie était désormais étroitement mêlée à celle de Daniel. Irrévocablement, même s'il ne la désirait plus, à cause d'une enfant qu'il n'avait pas voulue.

Mia se dirigea vers le salon.

— Où vas-tu ?

— Chercher mon sac.

— Tu refuses la discussion ?

— Il n'y a rien à discuter puisque je ne veux pas me marier avec toi.

Il la rattrapa.

— Alors, comment vois-tu les choses ? Tu veux m'accorder un simple droit de visite, de loin en loin ?

Pourquoi donc l'affectait-il autant ? Elle n'arrivait pas à penser clairement.

Mia revint dans la salle à manger, de l'autre côté de la table, pour mettre de la distance entre eux.

— Tu as changé d'avis ? s'écria-t-elle. Maintenant, tu veux une famille !

— Maintenant, j'en *ai* une, rectifia-t-il.

Mia pâlit. *Il avait une famille contre son gré et son sens du devoir lui commandait de ne pas fuir ses responsabilités.*

Elle secoua la tête.

— Je ne me marierai pas par simple souci des conventions. Je me satisferai d'une solution qui te permettra de voir ta fille.

— J'exigerai un accord juridiquement contraignant. Cela te coûtera cher, Mia. Les frais de justice sont très élevés.

— Cela provoquera un scandale très nuisible pour ta société. Ton conseil d'administration ne verra pas cela d'un bon œil.

Daniel ne pouvait pas s'empêcher d'admirer le sang-froid et la présence d'esprit de Mia, qui lui avait toujours tenu tête. Elle avait raison. Les membres du conseil d'administration avaient déjà eu des remarques désobligeantes sur la brièveté de son mariage…

Daniel voulait faire entrer la maison Devilliers dans la modernité. L'annonce de l'existence d'un enfant secret avec une ex-maîtresse et un procès en justice ne lui donneraient pas les coudées franches.

Sentant qu'elle avait touché un point sensible, Mia poussa son avantage.

— Je suis prête à consulter un avocat et signerai toute proposition raisonnable qui nous donnera satisfaction à l'un et à l'autre. Pour le bien de Lexi.

*Satisfaction.* Aucun mot n'aurait mieux décrit la période que Daniel avait vécue avec Mia. C'était une sorcière, une enchanteresse, qui n'avait pourtant guère d'expérience. Elle n'était pas vierge quand il l'avait rencontrée, mais c'était tout comme. Et, inexplicablement pour une femme aussi belle et sexy, elle manquait totalement de confiance en elle.

Elle était si nerveuse, la première fois qu'ils avaient couché ensemble… Quand il l'avait fait jouir, elle avait eu une expression d'étonnement et de gratitude. De soulagement aussi, en découvrant le plaisir charnel. Il avait tout de suite compris que sa liaison avec Mia Forde serait très différente de ce qu'il avait connu avant.

La suite lui donnait décidément raison. L'existence d'un enfant, de *son* enfant, éveillait maintenant en lui un instinct qu'il ignorait, le besoin de protéger. Et revoir Mia en ravivait un autre, celui de la posséder.

Mia l'exhortait à être raisonnable, mais cela n'avait plus aucun sens pour lui. Deux ans plus tôt, elle avait résolument refusé de s'intégrer dans son univers. Maintenant, la situation était très différente. Il ne lui laisserait pas le choix.

L'expression calculatrice de Daniel inquiétait Mia.

— Écoute, Daniel…

Il coupa court.

— Il se fait tard et tu as envie de rentrer pour Lexi. Nous poursuivrons cette discussion une autre fois. Après tout, rien ne presse. À moins que tu ne projettes de quitter Paris ?

Mia soupçonna aussitôt quelque ruse dans cette volte-face. Elle secoua la tête.

— Non, je suis justement revenue à Paris pour clarifier la situation avec toi.

— Parfait, alors. Mon chauffeur va te raccompagner.

Très surprise d'être brusquement congédiée, Mia reprit son sac et son blouson, que Daniel l'aida à enfiler. Quand ses doigts effleurèrent sa nuque, elle frissonna involontairement.

Mortifiée de ne pas contrôler ses réactions, elle s'éloigna promptement.

Devant la porte, elle se retourna.

— Quand… ?

— Je t'appellerai. Nous trouverons bien un arrangement.

Son ton rassurant ne la leurra pas une seconde. Il avait déjà brisé ses défenses une première fois. Il était redoutable car il parvenait toujours à ses fins.

Ce fut seulement en arrivant chez elle qu'une pensée lui traversa l'esprit. Il avait peut-être rendez-vous avec une maîtresse…

Elle n'avait aucun mal à imaginer la scène. Il avait tant de fois joué de sa séduction avec elle ! Elle revoyait son sourire charmeur, plein de promesses sensuelles…

Avait-il réellement abandonné toute idée de l'épouser ? Curieusement, le soulagement n'était pas chez Mia l'émotion prédominante. Elle éprouvait quelque chose de plus ambigu, difficilement analysable.

Une heure plus tard, en pyjama, Mia consolait doucement Lexi qui s'était réveillée à cause d'un cauchemar. Quand son enfant, rassurée, se rendormit contre elle, ses pensées suivirent un cours plus paisible. Elle était contente d'avoir enfin parlé à Daniel. Lexi méritait de connaître son père.

Mia n'avait jamais su qui était le sien. C'était le seul sujet de discorde entre elle et sa mère. « Tu n'as pas besoin de savoir. De toute façon, cela vaut mieux », répétait-elle invariablement.

Mia soupira, recoucha Lexi et se mit au lit. Finalement, il fallait se réjouir que Daniel revendique son droit à s'occuper de sa fille. Après la manière dont il avait réagi à sa fausse couche, elle n'en espérait pas tant.

Avec le temps, leurs relations deviendraient peut-être plus détendues. Ils referaient leur vie chacun de leur côté et pourraient se revoir sans malaise.

Mia mit beaucoup de temps à trouver le sommeil. Quand elle s'endormit enfin, des rêves érotiques la poursuivirent toute la nuit.

Le lendemain matin, elle se sentait fatiguée et Lexi était grognonne. Elles n'étaient donc pas au meilleur de leur forme quand elles sortirent pour aller se promener au parc.

Rien n'avait préparé Mia à l'assaut des paparazzis qui l'assaillirent dès qu'elle ouvrit la porte d'entrée de son immeuble. Les questions fusèrent de toutes parts :

— Daniel Devilliers est-il le père de votre enfant ?

— Où est Daniel ? Était-il au courant quand il s'est marié ?

— Avez-vous renoué tous les deux ?

— Comment envisagez-vous l'avenir ?

La seule chose qui fit réagir Mia fut l'indiscrétion d'un photographe qui pointait son objectif sur Lexi. Férocement, elle baissa la capote de la poussette et battit en retraite à l'intérieur du bâtiment.

En même temps, il y eut une bousculade à l'arrière et une silhouette imposante se fraya un chemin jusqu'à elle.

*Daniel.*

— Tout va bien ?

— Je… Oui, je crois. Comment ont-ils su ?

— Je t'expliquerai. Remonte chez toi, j'arrive.

Il se tourna ensuite vers la meute, les protégeant toutes les deux de son corps comme un rempart, et parla rapidement en français. Il était question d'une déclaration, ou d'un communiqué.

Mia s'engouffra dans l'ascenseur. De retour à l'appartement, elle installa Lexi sur un tapis de jeu et jeta un coup d'œil par la fenêtre. Les paparazzis avaient créé un embouteillage. Les gens klaxonnaient et s'arrêtaient pour regarder. Un photographe montra la fenêtre du doigt. Elle recula vivement et ferma les volets.

Daniel la rejoignit peu après. Vêtu d'un jean noir et d'un vieux blouson, il n'était pas rasé et avait l'air de sortir du lit… Avec qui avait-il passé la nuit ?

Repoussant ces pensées, Mia le pressa de questions.

— Que se passe-t-il ? Comment as-tu été mis au courant ?

Il sortit son portable de sa poche, tapota sur les touches et lui tendit l'écran. Elle blêmit en voyant une photo d'elle à son arrivée place Vendôme, la veille au soir. Au-dessus, un gros titre s'étalait en pleine page.

*Qui est Mia Forde ?*

Elle regarda Daniel.

— Comment connaissent-ils mon nom ? Et comment savent-ils que j'ai un bébé ?

— Je soupçonne l'agent de sécurité qui a entendu le début de notre conversation à la soirée d'inauguration, répondit-il, la mine sombre. Il a certainement flairé une bonne affaire et aura vendu très cher l'info à la presse. Je découvrirai le fin mot de l'histoire. C'est aussi de ma faute. Les journalistes me surveillent, depuis mon divorce. J'aurais dû faire plus attention.

Un soupçon se forma dans l'esprit de Mia.

— Tu l'as fait exprès.

Elle maudissait sa naïveté. Daniel parvenait toujours à ses fins et savait s'en donner les moyens.

— Non, pas du tout, protesta-t-il. Je ne ferais pas une chose pareille. Je déteste ces vautours.

Mia en convint de mauvaise grâce. Ce n'était pas son style. Il se comportait toujours avec discrétion.

— Je vais publier un communiqué, déclara-t-il.

— Pour dire quoi ?

— Que nous sommes très heureux d'annoncer que nous avons un enfant, d'une brève et ancienne liaison, et que nous apprécierions le respect de notre vie privée.

— C'est tout ? demanda Mia d'un ton soupçonneux.

Daniel hocha la tête.

— Inutile de nier les faits. La vérité surgira forcément, d'une manière ou d'une autre.

Mia frémit à l'idée qu'on fouine dans sa vie. Elle avait grandi dans un mobil-home. On ne manquerait pas d'ironiser en comparant son enfance à celle de Daniel Devilliers. Elle n'avait rien raconté en détail à Daniel. Il était peut-être temps de le faire…

— Mon équipe de sécurité va disperser l'attroupement. Mais maintenant que les paparazzis savent où tu habites…

— Je vais être harcelée.

— Je le crains.

Mia s'assit sur l'accoudoir du canapé. Lexi choisit ce moment pour s'approcher et tendit une licorne à Daniel, qui s'accroupit devant elle.

— Elle est très jolie. Tu me montres sa maison ?

Lexi le prit par la main, sous les yeux médusés de Mia.

Leur vie avait changé, indéniablement, songea cette dernière. En les voyant jouer tous les deux, elle se sentit inexplicablement très vulnérable.

Daniel n'avait pas l'air trop mal à l'aise. Il se comportait même avec beaucoup de naturel, pour un homme qui n'avait pas l'habitude des enfants. Elle n'aurait jamais imaginé cela.

Le téléphone de Daniel sonna et Mia le remplaça auprès de Lexi. Il parlait beaucoup trop vite pour qu'elle comprenne ce dont il s'agissait. Mais il avait l'air très ennuyé.

— Les médias ne désarment pas, déclara-t-il en raccrochant.

Il s'approcha de la fenêtre et rouvrit les volets. Le nombre de photographes avait doublé.

— Et je n'ai encore fait aucune annonce !

— Ce sera pire après ? lança Mia, paniquée.

Daniel hocha la tête.

— Qu'allons-nous devenir ? Je ne peux pas rester cloîtrée toute la journée.

— Il n'y a qu'une solution.

— Laquelle ? demanda Mia en redoutant la réponse.

— Vous allez vous installer chez moi jusqu'à ce que le calme revienne. Je vous protégerai mieux qu'ici.

# 5.

Mia avait d'abord bataillé, puis rapidement rendu les armes. Sans défense contre cette meute à l'affût devant son immeuble, elle n'avait guère le choix.

En l'espace de quelques heures, Daniel organisa son transfert place Vendôme. Ils sortirent de chez elle par une porte de service à l'arrière, au nez et à la barbe des photographes.

La mère et la fille étaient maintenant installées dans le vaste et luxueux appartement de Daniel, encore plus intimidant de jour.

— Qu'y a-t-il ? demanda-t-il en la voyant désemparée.

Elle ne savait même pas où poser Lexi.

— Ce n'est pas très… adapté pour une enfant en bas âge.

Il jeta un regard circulaire.

— Je comprends. Que devons-nous faire ?

L'emploi du mot « nous » la décontenança. Elle se sentit tout à coup perdue, vulnérable.

— Lui installer à parc à jouer avec des coussins, par exemple. Elle pourra dormir dans ma chambre. Mais pour commencer, lui donner à manger.

Daniel appela son majordome.

— Paul va t'accompagner à la cuisine, dit-il à Mia. Tu donneras tes directives au chef.

Tout allait si vite, songea Mia en installant sa fille sur ses genoux devant une assiette de pâtes aux courgettes.

Elle allait de surprise en surprise, happée par un tourbillon qui ne lui laissait pas de répit.

Après le repas de Lexi, elle rejoignit Daniel dans son bureau, une grande pièce lumineuse avec des étagères remplies de livres et plusieurs ordinateurs.

— Je vais emmener Lexi en promenade. Avec tous ces changements, elle est trop excitée pour la sieste, mais elle s'endormira dans la poussette, annonça-t-elle.

— Je viendrais volontiers avec toi, mais j'attends ma décoratrice d'intérieur. Elle va aménager quelques espaces pour Lexi.

— D'accord. Merci.

Le pouvoir de l'argent avait du bon…

— Tu auras un garde du corps avec toi.

— Est-ce vraiment nécessaire ? protesta-t-elle faiblement.

— Ce n'est pas négociable.

Une fois encore, il était vain de discuter. Elle enveloppa Lexi dans son manteau et descendit au rez-de-chaussée, où l'attendait Pierre, l'homme chargé de sa sécurité.

— Ne vous occupez pas de moi. Je vous suivrai à distance, dit-il.

Ils sortirent par une porte à l'arrière, qui ouvrait sur un magnifique jardin. Dans le fond, un portail donnait sur une petite rue adjacente. Mia huma avec délices la fraîcheur automnale. Elle remonta la rue de Rivoli jusqu'au jardin des Tuileries, où Lexi fit un tour de manège.

Devant la frimousse réjouie de sa petite fille, Mia s'en voulait de plus en plus de n'avoir rien partagé avec Daniel.

Il aurait pu lui en tenir rigueur et la laisser se débrouiller seule avec la presse, par exemple. Mais il avait endossé les responsabilités de sa paternité sans hésiter.

À leur retour place Vendôme, des changements avaient eu lieu. On avait posé des coins souples et arrondis sur les arêtes tranchantes des tables, et enlevé quelques meubles et objets d'art précieux.

Paul apparut dans l'embrasure d'une porte.

— Je vais vous conduire à votre suite, Miss Forde.

Elle laissa Lexi endormie dans sa poussette en rajustant simplement une petite couverture sur elle. Puis elle emboîta le pas à Paul.

— Appelez-moi Mia, je vous en prie.

Il inclina la tête et la précéda dans un couloir revêtu d'une moquette épaisse, jusqu'à une chambre aux dimensions impressionnantes, avec un lit à baldaquin au milieu, et une salle de bains et un dressing adjacents.

Paul ouvrit une petite porte de communication sur un côté.

— M. Devilliers a suggéré cette pièce pour la nursery.

Une légère inquiétude s'empara de Mia.

— Merci, mais Lexi dormira dans ma chambre. Nous ne resterons pas ici très longtemps. Ce n'est pas la peine de tout bouleverser.

— Comme vous voudrez.

De retour auprès de Lexi, profondément endormie, Mia accrocha un petit drap sur la capote pour la protéger de la lumière. Pus elle s'approcha de la fenêtre et se perdit dans des réflexions mélancoliques. Inévitablement, Lexi aurait bientôt sa chambre ici, chez son père, où elle viendrait sans elle. Il fallait se rendre à l'évidence. Son rêve d'avoir un jour une famille heureuse ne se concrétiserait jamais.

Elle s'était imprudemment abandonnée à ce fantasme avec son premier petit ami. Très éprouvée par la mort de sa mère, avide de renouer des liens affectifs durables et profonds, elle avait cru ingénument à son respect et son amour. La désillusion avait été cruelle.

Son humiliation lui avait ouvert les yeux. Les contes de fées n'existaient pas.

Sa rencontre avec Daniel avait marqué une nouvelle prise de conscience. Elle n'avait pas vraiment aimé son premier…

— Où est Lexi ?

Elle sursauta et se retourna vers Daniel en pointant du doigt le landau.

— Elle dort dans sa poussette. Elle était épuisée.

— Et toi ? Comment te sens-tu ?

Encore fragilisée par les évocations du passé, elle se secoua mentalement.

— Bien. Je ne t'ai pas remercié pour ton intervention et ta gentillesse.

Daniel l'arrêta d'un geste.

— Je t'en prie. Ce n'est rien. Je ne pouvais pas te laisser à la merci de ces hyènes.

Il marqua une pause.

— J'ai publié le communiqué de presse en rajoutant quelque chose à la fin.

— Quoi donc ?

Il sortit son portable et lui montra l'écran.

*Daniel Devilliers et Mia Forde ont le plaisir d'annoncer qu'ils ont eu un enfant d'une brève liaison passée. Un heureux destin les a de nouveau réunis. Merci de respecter leur intimité.*

Mia faillit laisser échapper le téléphone.

— *Un heureux destin les a de nouveau réunis* ? articula-t-elle faiblement.

Daniel l'avait manipulée avec une facilité démoniaque…

— Moi qui t'avais laissé le bénéfice du doute ! s'exclama-t-elle avec colère en retrouvant l'usage de la parole. En fait, tu as tout manigancé. C'est toi qui as prévenu la presse !

Daniel prit soin de parler à voix basse pour ne pas réveiller l'enfant.

— Pas du tout.

Mia commença à faire nerveusement les cent pas. Elle portait une robe longue boutonnée sur le devant, rouge sombre avec de grosses fleurs dorées. Une ceinture mettait en valeur sa taille fine, et l'encolure laissait entrevoir la naissance de ses seins. Avec ses bottines et ses cheveux répandus en auréole flamboyante autour de son visage, elle avait un chic fou, naturel et bohème. Elle se lamentait toujours sur son manque de style, alors qu'elle en avait à revendre.

Avec ses yeux verts et ses boucles folles, elle faisait penser à une lionne.

— Comment ai-je pu te faire confiance ? s'écria-t-elle avec rage.

— Mia.

Elle s'immobilisa.

— Je n'ai rien manigancé. J'ai rajouté cette phrase à la dernière minute parce que c'est le meilleur moyen d'avoir la paix.

Elle mit les poings sur les hanches.

— Vraiment ?

Daniel réprima l'envie de capturer sa bouche pour endiguer sa véhémence et la transmuer en passion.

— Oui. Les paparazzis se lasseront vite. En revanche, s'il plane un mystère sur nos relations, ils nous traqueront pour en savoir davantage.

— Lexi et moi pourrions loger ailleurs.

— Ça se passera comme chez toi. Je maîtrise mieux ta protection ici.

Mia se mordit la lèvre.

— Je comprends ta logique, concéda-t-elle.

Quand elle croisa les bras, il ne put s'empêcher de fixer avec insistance la rondeur de sa poitrine. Il réagissait comme un adolescent…

— Combien de temps va durer cette comédie ? Une semaine ? Quinze jours ?

Elle supportait mal de ne pas contrôler la situation, songea-t-il dans un élan d'empathie. L'inquiétude se lisait au fond de ses grands yeux verts, dans lesquels il avait envie de se noyer… Il se ressaisit. Elle lui avait caché pendant dix-huit mois l'existence de sa fille !

— Aussi longtemps qu'il le faudra, répliqua-t-il fermement. Pour calmer la curiosité générale, je propose d'apparaître ensemble en public le plus tôt possible.

— C'est-à-dire ? lança-t-elle d'un ton suspicieux.

— Ce soir.

Mia blêmit. Contrairement aux autres femmes qui s'accrochaient à lui avec empressement, elle avait toujours refusé obstinément de s'afficher avec lui. Pourtant, la notoriété dont il jouissait lui aurait apporté beaucoup sur le plan professionnel… Le seul nom de Devilliers lui aurait ouvert bien des portes. À l'époque, il ne s'était pas interrogé sur les raisons de son comportement. Aujourd'hui, il le regrettait. Que cachait cette volonté de demeurer en retrait ?

— Si tu as des choses à me dire, des secrets honteux à révéler avant d'entrer dans l'arène, c'est le moment, Mia. Parce que ces gens-là sont sans pitié. Ils chercheront, et ils trouveront.

*Des secrets honteux…*

Dans un accès de claustrophobie, Mia ouvrit les fenêtres pour sortir sur le balcon. Elle avait besoin d'air. Aussitôt, des cris retentirent sur la place et des dizaines d'appareils photo se braquèrent sur elle.

Deux mains la saisirent promptement par la taille pour la tirer en arrière. Daniel referma la fenêtre. Elle tremblait comme une feuille.

— Les paparazzis t'ont suivie jusqu'ici, expliqua-t-il. Donne-moi ta veste. Je vais te chercher un verre d'eau.

La conscience de ce qui lui arrivait frappa Mia de plein fouet. Sa vie et celle de Lexi ne seraient plus jamais les mêmes. Elle l'avait perçu inconsciemment, mais sans oser se l'avouer, par lâcheté. Jamais elle n'aurait imaginé que Daniel les présenterait tous les deux comme un couple.

Il avait pourtant certainement raison. Parfois, des scandales emportaient des top-modèles dans un véritable maelström qui détruisait leurs carrières. Mia se félicitait de ne pas avoir atteint ce degré de célébrité.

Mais aujourd'hui, c'était elle qui apparaissait à la une de la presse people.

Elle but une gorgée d'eau.

— Je ne me suis jamais montrée publiquement avec toi par peur d'attirer l'attention, commença-t-elle. Je n'ai pas de secrets honteux, mais pas non plus de quoi être fière. J'ai grandi dans un mobil-home, sur un terrain de camping, avec une mère célibataire qui tirait le diable par la queue. À Monterey, en Californie.

— Et ton père ?

Jusque-là, Mia avait retenu jalousement ses confidences. Le moment des révélations était arrivé.

— Je ne sais pas qui c'est.

Daniel fronça les sourcils.

— Comment est-ce possible ?

— C'est sans doute dur à comprendre pour quelqu'un dont l'arbre généalogique remonte à la nuit des temps, jeta-t-elle d'un ton amer.

Daniel se crispa et elle s'excusa aussitôt.

— Pardon pour cette réflexion déplacée… Ma mère se refermait comme une huître chaque fois que j'abordais le sujet. Elle a toujours refusé de me dire son nom et ne voulait même pas parler de lui. C'est seulement après sa mort qu'une de ses amies m'a raconté l'histoire. Maman a été droguée au cours d'une soirée où elle fêtait son bac. Elle s'est réveillée le lendemain matin dans un sale état. On l'avait violée. Elle est tombée enceinte à la suite de cette agression. Son amie lui a conseillé de déposer une plainte au commissariat de police, mais maman avait trop honte. Ses parents étaient très stricts, très religieux. Ils l'auraient mise à la porte de chez eux. Elle est partie en Californie, où je suis née, et m'a élevée seule.

Daniel eut une expression indéchiffrable, mais pas dégoûtée ou horrifiée comme elle s'y attendait.

— Je suis désolé. Cela n'a pas dû être facile. Ni pour elle ni pour toi.

Mia haussa les épaules.

— C'est tout ce que je sais. Mais elle a été une bonne mère. Elle a compensé le manque de père.

Mais sa mort avait jeté Mia dans une angoisse sans fond. Totalement perdue, sans repères, elle s'était aveuglément raccrochée au premier venu.

— Y a-t-il une chance pour que ton père connaisse ton existence ?

— J'imagine que oui. Mais étant donné les circonstances, il ne se manifestera probablement jamais.

Mia avait du mal à dissimuler son amertume. Elle n'était pas responsable des actes de ses parents, mais se sentait injustement salie par ce viol.

— Cela n'explique pas vraiment tes réticences à te montrer avec moi.

Il n'était pas question qu'elle lui raconte l'abominable humiliation dont elle avait été victime.

Elle évita soigneusement son regard.

— Tu étais riche et puissant. Tu l'es toujours, d'ailleurs. Ton univers ne m'intéresse pas. C'est aussi simple que cela.

— Vraiment ? railla-t-il. Allons, Mia, il y a sûrement autre chose.

Maudissant sa perspicacité, elle le foudroya du regard.

— Cela ne te regarde pas et n'a rien à voir avec toi.

Il s'adossa nonchalamment contre le canapé et allongea les jambes en croisant les chevilles.

— Maintenant, je suis très intrigué.

Son obstination était exaspérante. Il n'aurait de cesse qu'elle lui livre ses secrets.

— Bien. Si tu veux savoir, c'était mon premier petit ami. Il était riche. Très riche. Il appartenait à une famille dont les ancêtres, arrivés avec le *Mayflower* au XVIIe siècle, avaient fondé la première colonie anglaise en Amérique du Nord. Je travaillais comme serveuse dans un club de golf. Il m'a remarquée et… séduite. Puis il m'a plaquée. Ses beaux discours ne contenaient pas un brin de sincérité. Il voulait seulement coucher avec moi. En me quittant, il m'a dit qu'il n'avait jamais envisagé une relation durable parce que je n'étais pas assez bien pour lui.

« Il m'a bernée de bout en bout, me faisant croire qu'il avait hâte de me présenter à son cercle d'amis et sa famille. Pendant ce temps, il préparait en réalité ses fiançailles avec une jeune fille de la haute société, infiniment plus fréquentable que moi.

« Le pire, c'est que j'y ai cru. C'était peu de temps après la mort de maman. J'avais besoin de nouer d'autres liens affectifs. En un sens, cela me flattait d'accéder à un milieu privilégié.

— Autrement dit, je te fais penser à lui, observa Daniel sèchement.

Ce n'était pas exactement cela. Mais Daniel avait provoqué des émotions et des sensations très fortes qui l'avaient effrayée. Elle avait préféré garder ses distances par peur de souffrir encore.

— Non, tu ne lui ressembles pas du tout. Il était lâche. J'ai honte de m'être…

Il l'interrompit en se levant brusquement.

— Non, ne dis plus rien. Il a honteusement abusé de toi, Mia. Parce que tu es belle. Il a sans doute perçu un peu de vulnérabilité et a exploité la faille.

La clairvoyance de Daniel la troublait. Il la comprenait.

— C'est aussi à cause de lui que tu n'aimes pas recevoir des bijoux en cadeau ?

Elle hocha la tête.

— Il m'a offert un collier soi-disant de diamants, toujours pour me prouver son attachement. C'était en réalité du zircon…

Daniel poussa un juron en français. Étonnamment, Mia ne ressentit aucune humiliation à s'être confiée, mais un sentiment de légèreté très agréable, comme une délivrance. C'était la première fois qu'elle racontait cela à quelqu'un.

— Où allons-nous ce soir ? demanda-t-elle, subitement impatiente de changer de sujet.

— Il y a une soirée de gala au palais Garnier. Avec le ballet de l'Opéra de Paris.

La perspective de se rendre dans un lieu aussi prestigieux intimidait Mia.

— Mais… Lexi ?

— La fille de Paul est assistante maternelle. Elle est sans travail actuellement et fera volontiers du baby-sitting.

— C'est bien commode.

Dans le monde de Daniel, il se trouvait toujours une solution à portée de main.

— Je veux la rencontrer avant de lui confier Lexi.

— Bien sûr. Je lui ai demandé de venir dans une heure. Tu auras tout le temps de faire sa connaissance et de la voir interagir avec Lexi.

Il jeta un coup d'œil à sa montre.

— J'ai des coups de fil à passer dans mon bureau. Tu trouveras quelques robes dans ton dressing. La tenue de soirée est de rigueur.

Aux prises avec un nouvel accès de claustrophobie, Mia se gratta la gorge.

— *Si* toutefois je viens.

Un sourire presque imperceptible étira les belles lèvres de Daniel. Elle se souvint de ses baisers enivrants, addictifs. Elle n'avait rien oublié.

Elle s'attendait à une remarque mordante, mais il se contenta d'acquiescer.

— Bien sûr. Il faut d'abord que tu sois sûre de laisser Lexi entre de bonnes mains.

Lexi bougea. Elle se réveillait et Mia fut heureuse de cette diversion. Elle ne voulait pas penser à la nouvelle évolution de ses relations avec Daniel. Dans quelques heures, elle apparaîtrait en public à son bras.

— Elle est adorable.

Mia sourit à la jeune femme qui avait à peine un ou deux ans de moins qu'elle. Elles étaient toutes les deux assises par terre en tailleur, dans la nouvelle salle de jeux de Lexi.

— Vous lui plaisez.

Lexi s'était tout de suite entichée d'Odile, la fille de Paul, qui avait manifestement beaucoup d'expérience et connaissait bien son métier. Mia n'aurait donc aucune excuse pour ne pas aller à l'Opéra.

— Vraiment, cela ne vous dérange pas ? demanda-t-elle néanmoins.

— Pas du tout. Au contraire, je suis ravie. Je fais des économies pour partir en voyage l'année prochaine. Je ne refuse pas une occasion de gagner un peu d'argent !

Mia comprenait. Elle avait fait pareil pour approfondir

sa formation de mannequin de mode en Europe et découvrir d'autres pays. Finalement, elle n'avait connu que la France. Mais quand elle voyait Lexi, son cœur se gonflait d'amour. Elle ne regrettait rien.

Une silhouette se profila dans l'embrasure de la porte. Lexi trottina vers Daniel.

— Jouer ? lança-t-elle dans son babil enfantin.

— Pas maintenant, mignonne. J'ai besoin de parler à ta maman.

Odile se chargea avec habileté d'occuper la petite fille, et Mia rejoignit Daniel.

— Eh bien ? demanda-t-il.

— Elle est parfaite. Lexi l'adore.

— Très bien. Nous partons dans une heure.

Mia ne pouvait pas se dérober. Daniel était le père de Lexi. Si elle voulait remettre un peu d'ordre dans leur existence, il fallait aller dans son sens. Pour l'instant.

Le corsage bleu glacier dénudait ses épaules et épousait parfaitement sa poitrine. À partir de la taille, la robe s'évasait en flots vaporeux jusque par terre. Elle était à la fois élégante et romantique.

Mia avait réussi à dompter ses cheveux, ramassés en chignon, et s'était maquillée un peu plus que d'ordinaire, sans doute pour avoir l'impression d'exercer son métier de mannequin, d'être en représentation.

L'idée d'apparaître au bras de Daniel devant des journalistes du monde entier l'intimidait et touchait en même temps à une aspiration intime enfouie au fond de son être. Elle avait naguère espéré que sa relation avec Daniel se révélerait différente de sa première expérience et restaurerait petit à petit sa confiance en elle.

L'article de journal annonçant son futur mariage avait détruit cette espérance.

À l'époque, la véhémence de sa réaction avait trahi sa fragilité. Mais elle était mieux préparée cette fois-ci, sans illusions. Daniel n'avait plus le pouvoir de lui faire du mal.

Mettant un terme à ses ruminations, Mia enfila ses escarpins argentés, s'enveloppa dans une étole en cachemire et jeta un dernier coup d'œil à son reflet dans la glace.

Dès qu'il la vit, Daniel eut envie de la déshabiller. Dans la voiture, il résista difficilement à la tentation de passer une main sous sa robe. Il voulait toucher ses longues jambes fuselées, remonter le long de ses cuisses satinées jusqu'au cœur vibrant de sa féminité.

Il s'exhorta au calme.

Son apparition lui avait coupé le souffle. Il l'avait déjà vue métamorphosée en femme élégante et sophistiquée, mais pour le travail, jamais pour *lui*. Ce soir, ils sortaient ensemble, tous les deux.

Avec Mia, la partie n'était jamais gagnée d'avance. Il avait vaincu ses résistances de haute lutte. Mais cela valait la peine de se battre. Étrangement, la satisfaction qu'il en retirait n'était pas uniquement charnelle.

Son parfum lui ressemblait, frais et léger sur un fond musqué. Son caractère joyeux et insouciant était beaucoup plus complexe qu'il n'y paraissait au premier abord.

— Je n'ai pas de bijoux, remarqua-t-elle. Cela pose un problème ?

— Cela t'ennuierait d'en porter ? demanda-t-il avec circonspection.

Il en voulait beaucoup au mufle qui l'avait honteusement grugée.

— En fait, je n'ai rien contre les bijoux. Je n'aime pas qu'on se moque de moi, c'est tout.

Incapable de s'en empêcher, il effleura sa joue d'une caresse.

— C'était un goujat, Mia. Un imbécile.

— Je sais…

Daniel maîtrisait de plus en plus difficilement son désir de la serrer contre lui. Mais la voiture arrivait devant le palais Garnier. Il baissa la main.

# 6.

Au pied du majestueux escalier, Mia pressa les doigts de Daniel. Il l'interrogea du regard et elle répondit par un signe de tête imperceptible. Elle était prête.

Ils gravirent les marches couvertes d'un tapis rouge. Depuis qu'il lui avait effleuré la joue dans la voiture, Mia avait une conscience exacerbée de sa présence physique. Son geste ainsi que les mots qu'il avait prononcés l'avaient émue plus que de raison. Il fallait recouvrer son self-control. Elle perdrait toute dignité s'il devinait combien il la troublait.

Les gens se retournaient sur leur passage. Ils reconnaissaient Daniel, puis la dévisageaient avec curiosité. Instinctivement, Mia redressa les épaules. Les paparazzis se manifestèrent à ce moment-là. Cette fois-ci, elle s'y était préparée et passa aussitôt en mode travail, comme pour un shooting photo ordinaire.

Sur le perron, Daniel s'arrêta. Puis, il glissa un bras autour de sa taille. Instinctivement, Mia se serra contre lui. De sa main libre, il releva son visage vers lui. Elle ne vit plus que ses yeux gris.

Les émotions qu'il suscitait passèrent à l'arrière-plan, remplacées par des sensations purement physiques, et un désir fou de sa bouche sur la sienne. À cet instant précis, rien d'autre ne comptait. Sans même s'en rendre compte, elle agrippa le revers de son smoking.

Entre eux, c'était ainsi depuis le premier jour. Une urgence impétueuse, une passion éperdue les poussait l'un vers l'autre.

Quand Daniel prit ses lèvres, Mia se détendit magiquement et poussa un soupir. Le passé se dénouait. Il n'y avait plus que l'instant, le contour de cette bouche ferme et familière. Spontanément, elle s'abandonna et s'embrasa au contact de sa langue.

Quand Daniel s'écarta, son cerveau embrumé reprit conscience de la réalité extérieure, et des gens autour d'eux. Elle rouvrit les paupières. Daniel la regardait avec une expression indéchiffrable.

L'impact de ce qui venait de se passer la frappa brutalement.

— Était-ce bien nécessaire ? demanda-t-elle d'un ton narquois, même s'il était un peu tard pour protester.

— Il faut bien montrer au monde que nous avons renoué, non ? C'est même l'objectif de la soirée.

Les photographes les mitraillaient. Dépitée, Mia frissonna. Daniel savait parfaitement ce qu'il faisait et avait agi de sang-froid. Elle s'était trahie et il était trop tard pour paraître blasée.

Elle se dégagea.

— La prochaine fois, demande d'abord. Par courtoisie.

Mais cela n'aurait rien changé. Elle aurait dit oui de toute façon, avec la même ardeur.

Mia avait assisté à bien des galas, mais jamais accompagnée. Par une célébrité, de surcroît.

Daniel la guida vers le vestiaire, puis jusqu'à un salon de réception pour lui offrir une coupe de champagne. De nombreuses personnes l'interpellaient. Une femme d'un certain âge, très distinguée, se permit même de lui poser des questions très embarrassantes devant Mia.

— Elle est américaine ? Vous avez vraiment un enfant avec elle ? J'espère que votre notoriété n'en pâtira pas, monsieur Devilliers.

Choquée par son sans-gêne, Mia intervint avec humeur.

— Oui, je suis américaine, et nous avons en effet un enfant. Toutefois, je ne vois pas en quoi cela pourrait nuire à la marque Devilliers.

La femme lui lança un regard stupéfait avant de s'éloigner avec un air de dignité outragée.

— Excuse-moi, je n'ai pas pu me retenir. Qui était-ce ?

Il eut un sourire amusé.

— L'une des personnes les plus influentes du conseil d'administration.

— Oh.

— À propos, ton français est impeccable.

— Merci, j'ai beaucoup progressé, en deux ans.

Elle hésita.

— Elle avait l'air fâchée. C'est embêtant pour toi ?

Il but une gorgée de champagne.

— Non. Elle fait partie de ces dinosaures dont j'essaie de me débarrasser. Ils s'accrochent au passé, alors qu'il faut aller de l'avant.

C'était le moment d'entrer dans la salle de spectacle. Daniel la guida jusqu'à leur loge. Émerveillée par la fresque du plafond, Mia resta bouche bée devant la magnificence du décor. Dans l'assistance, les femmes portaient des toilettes éblouissantes et les hommes en habit ou en smoking étaient d'une distinction irréprochable.

— C'est splendide, souffla-t-elle en s'asseyant.

Enfant, Mia rêvait de devenir danseuse. Un professeur l'avait même aidée à obtenir une bourse. Elle se voyait déjà à la Juilliard School, à New York, mais un problème au genou avait anéanti ses ambitions. Là-dessus, comme si tout conspirait contre elle, l'adolescence l'avait transformée physiquement. Avec ses nouvelles rondeurs et sa grande taille, elle n'aurait pas pu intégrer un corps de ballet.

Cette soirée la rendait nostalgique et mélancolique. En imaginant Lexi plus grande, amenée au spectacle par son père, elle eut les larmes aux yeux.

Elle se tourna à demi pour cacher son émotion. Depuis la naissance de Lexi, elle avait une sensibilité presque à fleur de peau. Ses retrouvailles avec Daniel n'arrangeaient rien.

Les lumières s'éteignirent et Mia se pencha avec un petit frémissement d'impatience. La représentation lui permettrait d'oublier un peu la proximité sensuelle de Daniel.

Même si le répit était de courte durée…

Une semaine avait passé depuis la soirée à l'Opéra. Assise dans le salon, Mia se pencha pour extraire le doudou préféré de Lexi qui avait disparu sous le canapé. En jetant un regard circulaire, elle aperçut des traces de doigts sur le dessus en verre de la table basse, un petit gilet sur les coussins et, plus loin, une boîte à musique abandonnée par terre.

Elle soupira. Lexi prenait beaucoup de place, et elle-même s'habituait bien trop vite au luxe de leur nouvelle vie dans cet appartement. Ce n'était pourtant qu'un arrangement provisoire. D'ailleurs, Daniel ne tarderait pas à regretter son indépendance de célibataire.

Pour le moment, il était à New York pour lancer une campagne publicitaire aux États-Unis. Il devait revenir avant le week-end, mais on était déjà vendredi et il n'était pas rentré. Au lieu du soulagement qu'elle aurait dû éprouver, Mia se sentait curieusement déçue.

Il l'avait appelée deux fois au cours de la semaine,

essentiellement pour prendre des nouvelles de Lexi. À sa demande, Mia lui envoyait tous les jours une vidéo. Elle était ravie de l'intérêt qu'il portait à sa fille.

Mercredi soir, il lui avait posé une question qui l'avait mise aussitôt sur la défensive.

— Tu as travaillé, aujourd'hui ?

— Oui, pour un contrat que j'avais signé avant… tous ces événements. Odile est venue garder Lexi.

— Ce n'était pas une critique, Mia.

— Les propositions affluent, en ce moment. Mon agent m'a annoncé que ma cote avait bondi brusquement.

— Tu n'es pas obligée de travailler, Mia. Ne t'inquiète pas pour l'argent.

Sa réflexion l'avait irritée.

— Je continuerai à subvenir à nos besoins.

Il avait pesté contre son entêtement.

— Tu es la mère de mon enfant. Lexi est aussi sous ma responsabilité. Fais des économies si tu veux, mais tu n'es plus seule.

Depuis ce coup de fil, Mia se posait des questions. Lexi souffrirait-elle de la différence de niveau de vie entre ses parents ? Quand elle reviendrait de chez son père, il lui faudrait se contenter du standing beaucoup plus modeste de sa mère…

Son portable sonna.

*Daniel.*

— Bonsoir, lança-t-elle sur un ton hésitant.

Il semblait fatigué. Dans la semi-pénombre de l'appartement, la voix de Daniel résonna bizarrement à son oreille, presque plus intimement que s'il avait été là en personne.

— Je suis désolé de ne pas être rentré pour le week-end.

Mia refoula sa déception.

— Tu n'as pas à justifier tes faits et gestes.

— Tu n'es pas n'importe qui, Mia. Tu es la mère de mon enfant.

Elle eut un geste d'agacement.

— Mes plans ont changé, enchaîna-t-il aussitôt.

— Ah bon ?

— Ton passeport est à jour ?

— Oui…, répondit-elle prudemment, ne sachant ce qui allait suivre.

— Parfait. Je m'envole demain pour le Costa Rica pour superviser des séances photo. Tu me rejoindras en avion privé. Odile t'accompagnera pour te seconder avec Lexi. Elle est déjà prévenue.

Prise de court, Mia ne répondit pas tout de suite. Il mit son silence à profit pour continuer.

— Je t'explique tout de suite pourquoi c'est une bonne idée. Notre absence nous fera oublier plus vite à Paris. Notre histoire aura perdu tout intérêt quand nous reviendrons.

Mia réfléchit rapidement.

— Lexi et moi pourrons repartir chez nous ?

Daniel resta un instant silencieux.

— En tout cas, ce sera envisageable.

Il avait raison. Mia avait remarqué la présence de paparazzis au parc, ces jours derniers, malgré la présence dissuasive d'un garde du corps. Elle voulait à tout prix protéger Lexi contre toute curiosité malsaine.

— Alors, d'accord.

— Très bien. Mon assistante organisera ton transfert à l'aéroport avec les bagages. Odile te rejoindra à l'avion par ses propres moyens. À demain au Costa Rica, Mia.

Devant son aplomb, Mia fut tentée de changer d'avis à la dernière minute, mais il avait déjà raccroché.

Trop tard.

En fait, ce n'était peut-être pas une très bonne idée de

partir sous les tropiques avec l'homme le plus séduisant qu'elle ait jamais rencontré…

Le lendemain, après un vol de douze heures et un deuxième trajet un peu plus court de San José à Santa Teresa, sur la péninsule de Nicoya, Mia, Lexi et Odile se retrouvèrent… au paradis. Il n'existait de mot plus approprié.

La chaleur invitait Mia à se détendre, et à oublier ses soucis et ses inquiétudes. Le soleil se couchait sur le Pacifique dans une débauche de couleurs flamboyantes.

Les gens flânaient sur la plage. Au loin, quelques surfeurs s'attardaient. Une forêt luxuriante s'étendait derrière la luxueuse villa à deux étages. Une piscine à débordement était aménagée sur la terrasse, à côté d'un coin salon et d'un espace pour prendre les repas. C'était somptueux.

Outre les chambres, le rez-de-chaussée comprenait une salle de sport et un bureau. L'océan était visible de partout, par-delà une frange de végétation d'un vert intense.

— Désolé de ne pas avoir été là pour t'accueillir. Ma réunion a débordé.

Mia, qui tenait Lexi dans ses bras, sursauta au son de la voix de Daniel. Vêtu d'un pantalon de lin et d'un polo bleu marine, il paraissait magnifiquement détendu. Et tellement viril…

Mia regretta de ne pas avoir eu le temps de se changer. Sa robe et son blazer étaient froissés, et elle avait besoin d'une douche.

— Je m'occupe de Lexi, dit Odile obligeamment.

Mia n'eut pas le temps de protester.

— Tu as fait la connaissance de Gabriela ? reprit Daniel.

Elle hocha la tête.

— Elle nous a accueillies à notre arrivée. Elle est charmante.

Elle tressaillit involontairement quand Daniel s'approcha.

— Oui, n'est-ce pas ? Elle habite dans le village. Son fils s'occupe de la propriété pour moi.

— La villa est à toi ?

— Oui.

Il possédait déjà le château familial dans les environs de Paris, un appartement à New York, un autre à Londres…

— Comment s'est passé le voyage de Lexi ? demanda-t-il.

Mia fit la grimace.

— Elle a eu très mal aux oreilles.

— Je n'avais pas pensé à cela.

— Elle ira mieux quand elle aura mangé et dormi. Odile est fatiguée aussi. Je vais voir si tout se passe bien et lui donner congé pour ce soir. Peut-être aussi pour demain.

— D'accord. Je dîne dans une heure. Tu manges avec moi ?

Une douce brise caressait le corps de Mia. Le ciel se teintait d'une couleur lavande. L'air chargé d'embruns embaumait de senteurs de fleurs exotiques et résonnait de chants d'oiseaux. Et il y avait cet homme qui l'attirait irrésistiblement, dans ce décor de rêve, cette nature primitive, immémoriale…

Elle avait une envie folle de se lover contre lui, dans l'étreinte de ses bras puissants, pour se réfugier dans un autre paradis, encore plus envoûtant. C'était dangereusement romantique.

Mia recula avant de perdre pied.

— Je suis moi-même assez fatiguée. Je me contenterai d'un en-cas avant d'aller dormir près de Lexi.

Daniel regarda Mia s'éloigner. Elle se mouvait avec grâce et on devinait ses jolies jambes nues sous sa robe. Avec ses cheveux qui flottaient librement sur ses épaules et sa peau naturellement bronzée, elle s'insérait parfaitement dans le décor sauvage.

Il était content qu'elle soit là avec lui. Sa tension se relâchait.

Il se secoua. Non, ce n'était pas la présence de Mia et Lexi qui le rendait serein, mais l'éloignement des médias. Ici, il échappait aussi aux pressions de son conseil d'administration et se sentait plus libre de ses faits et gestes. Il avait beaucoup réfléchi au cours de cette semaine. À présent, il restait à convaincre Mia de la seule solution qui s'offrait à eux.

Cela ne correspondait pas du tout à son projet de vie, mais sa paternité réveillait des émotions et un instinct protecteur qu'il réprimait férocement depuis la mort de sa sœur. Il voulait veiller sur Lexi avec toute l'attention et les soins qu'elle méritait. Il avait failli à sa sœur et ne recommencerait pas avec sa fille.

Plus égoïstement, il voulait reconquérir Mia. Pour de bon.

Le lendemain après le petit déjeuner, Mia partit en exploration avec Lexi. Il n'y avait aucune trace de Daniel, ce qui l'emplit d'un curieux mélange de soulagement et de déception. Gabriela lui apprit qu'il était parti travailler.

Odile était allée visiter la petite ville de Santa Teresa, qu'elles avaient traversée la veille et trouvée charmante, avec ses terrasses de café et ses boutiques d'artisanat. Mais Mia était contente de rester tranquille avec Lexi, qui découvrit le bonheur de patauger dans les petites vagues. Elle s'était rarement sentie aussi détendue.

L'après-midi, comme Lexi ne semblait pas disposée à faire la sieste, elles enfilèrent des maillots de bain et s'enduisirent de crème solaire pour essayer la piscine. À la surprise de Mia, le dressing de sa suite luxueuse était rempli de vêtements. Tous à sa taille. Daniel avait chargé Gabriela de contacter une boutique locale pour faire livrer une garde-robe complète à son intention, ainsi que pour Odile et Lexi.

Était-ce dans les habitudes de Daniel de choyer ainsi ses visiteuses ? Dans un cadre aussi sensuel et romanesque, il avait sûrement invité des maîtresses.

Mia se força à penser à autre chose. Peu lui importait. Libre à lui d'accueillir qui il voulait dans sa villa de rêve.

Avant de sortir, elle vérifia son reflet dans la glace. Le maillot, qui semblait plutôt ordinaire dans l'armoire, se révélait très sexy sur elle. Largement échancré sur les hanches, il dénudait une épaule et était un peu trop décolleté à son goût.

Elle haussa les épaules. Lexi s'impatientait. De toute façon, Daniel n'était pas là.

Daniel se figea sur place en tournant le coin de la maison pour aller à la piscine.

Il ne vit que Lexi dans l'eau.

Paralysé, il était incapable de bouger, comme si on avait coulé ses jambes dans du ciment. Totalement impuissant.

— Nous ne t'attendions pas si tôt !

La voix de Mia le ramena à la réalité. Il observa la scène plus en détail. Elles étaient toutes les deux du côté peu profond. Mia tenait sa fille sous les bras et la balançait d'avant en arrière. Lexi l'éclaboussait en poussant des cris de joie.

Elle ne risquait pas de se noyer.

*Pas comme sa sœur.*

Mia perçut sans doute quelque chose, car elle s'immobilisa.

— Tout va bien ?

Sans répondre directement à la question, il s'approcha.

— Elle ne devrait pas avoir des brassards ?

— Lexi adore l'eau, répondit Mia avec le sourire. Et j'ai un brevet de maître nageur-sauveteur.

— Tu devrais quand même être plus prudente. Je ferai installer une barrière de sécurité.

— Franchement, ce n'est pas la peine. Elle ne sera jamais ici sans surveillance.

*Cela pouvait tout de même arriver.*

Voilà pourquoi il avait juré de ne jamais avoir d'enfants. À cause de cette peur qu'il avait chevillée au corps. Un accident survenait si vite…

— Il est temps de rentrer, dit Mia. C'est bientôt l'heure de la toilette et du dîner.

Daniel fut rassuré seulement quand elles remontèrent les marches. Et la vue de Mia en maillot de bain agit comme un dérivatif. Elle avait ramassé ses cheveux sur le sommet de son crâne, et cette coiffure mettait en valeur son gracieux port de tête. Il oublia sa frayeur.

Mia s'approcha d'une chaise longue et se mit à frotter vigoureusement la fillette avec une serviette, ce qui déclencha des éclats de rire.

Sortant de son hébétude, Daniel les rejoignit.

— Coucou ! lança Lexi en lui tendant les bras.

Mia la retint.

— Elle est toute mouillée.

La poitrine de Daniel se gonfla d'émotion.

— Ce n'est pas grave, répliqua-t-il en prenant l'enfant contre lui.

— Tu piques ! lança-t-elle en passant la main sur sa barbe naissante.

Lexi rit aux éclats quand il frotta son visage contre sa joue. Daniel surprit une expression étrange sur les traits de Mia, mais qui disparut dès que leurs regards se croisèrent. Il y eut comme une décharge électrique et elle rougit.

Elle se leva, reprit Lexi et devint cramoisie au moment où leurs doigts se touchèrent.

— Dîne avec moi, ce soir, dit Daniel.

Il s'attendait à un refus et fut surpris de sa réponse.

— D'accord. Quand Lexi sera endormie.

Mia se regarda dans la glace. Après la douche et avec l'humidité de l'air, ses boucles étaient plus indomptables que jamais. Elle ne pouvait pas y faire grand-chose. De toute manière, il ne s'agissait pas d'un rendez-vous amoureux. Elle dînait avec le père de son enfant et limiterait la conversation à leur fille.

Elle avait choisi comme tenue un caftan très sage qui n'avait absolument rien de sexy. Surgie de nulle part, l'image de Daniel avec Lexi riant aux éclats se présenta à son esprit et la bouleversa. Sa fille nouerait avec son père une relation qu'elle-même n'avait jamais eue.

Mia se remémora aussi le regard de Daniel sur son corps. Avait-elle imaginé le feu qui brillait dans ses yeux ? Elle projetait peut-être sur lui son propre désir.

Car il n'avait plus envie d'elle.

Elle n'oublierait jamais son expression le jour où elle lui avait annoncé sa grossesse. Le choc et l'effroi, puis la peur panique. Ensuite, à l'hôpital, cette froideur qui l'avait anéantie…

Gabriela avait dressé le couvert sur la terrasse et allumé des bougies. Mia aurait préféré un décor moins romantique…

En chemise blanche et pantalon noir, Daniel était de dos, accoudé à la balustrade. Il se retourna à son approche.

Il s'était rasé et avait encore les cheveux mouillés après la douche. À sa vue, un désir violent étreignit Mia. Elle serra le babyphone entre ses doigts.

— Que veux-tu boire ?

L'alcool l'aiderait peut-être à se dominer…

— Un verre de vin blanc, s'il te plaît.

Il la servit et elle but une gorgée comme pour se donner du courage.

— Santé ! lança-t-il en français.

Elle répondit en anglais.

— *Cheers* !

Au loin, les lumières des bateaux de pêcheurs dansaient sur la mer.

— Comme c'est beau ! murmura-t-elle.

— Oui.

— Tu dois venir souvent ici.

— Pas vraiment. Je ne suis pas venu depuis deux ans.

Mia digéra l'information en retenant une exclamation étonnée. Elle ouvrit la bouche, puis la referma.

— Qu'allais-tu dire ? questionna-t-il d'un air amusé.

Gabriela apporta les entrées à ce moment-là, lui épargnant de mentir. Mais Daniel insista.

— Tu ne m'as pas répondu.

Mia maudit son insistance. Elle s'essuya la bouche et s'obligea à le regarder dans les yeux.

— C'est tellement idyllique… Si ta femme et toi vous… ne couchiez pas ensemble, je me disais que c'était l'endroit rêvé pour des amoureux.

— Tu veux savoir si j'ai eu des maîtresses pendant que j'étais marié ?

Elle lui adressa un sourire mielleux.

— Aucune importance. Cela ne me regarde pas.

# 7.

L'embarras de Mia amusait beaucoup Daniel.

— Tu as raison, cela ne te regarde pas. Mais je vais quand même satisfaire ta curiosité. Non, je ne l'ai pas trompée, et elle non plus. Elle avait trop conscience des répercussions si son homosexualité était révélée au grand jour. Quant à moi, je… je tenais à respecter loyalement notre arrangement.

*De toute manière, à cette époque, sa libido était au plus bas.*

Ce qui n'était plus du tout le cas depuis quelques jours… Il s'agita sur sa chaise en contemplant l'opulente chevelure de Mia qui retombait en cascades sur ses épaules. Avec le soleil, un joli hâle doré colorait déjà sa peau et des taches de rousseur étaient apparues sur son nez. Son caftan la couvrait de la tête aux pieds, mais était assez diaphane pour laisser entrevoir ses formes au modelé parfait.

Sous le coup d'une impulsion, il lui livra une confidence.

— Je n'ai jamais amené aucune femme ici.

— Ah…

Visiblement, elle ne s'attendait pas à cela.

Gabriela apporta le plat principal, un *casado de cerdo*, une spécialité du pays aux herbes aromatiques.

À son habitude, Mia attaqua son assiette avec appétit. Il n'avait jamais vu une femme manger avec autant de plaisir. Son naturel et sa spontanéité le captivaient. En proie à une émotion étrange, il fut surpris par l'aveu inopiné qui franchit ses lèvres.

— D'ailleurs, je n'ai pas eu de maîtresse depuis notre rupture.

Mia écarquilla des yeux stupéfaits.

— P-pardon ?

— Je n'ai pas eu de maîtresse depuis notre rupture, répéta-t-il en articulant avec soin.

Elle but une gorgée d'eau.

— Et toi ? reprit-il.

Avec Lexi, il en doutait. Mais c'était peut-être naïf de sa part. Mia était une amoureuse passionnée.

Il guetta sa réponse avec appréhension.

— Je… non. Je n'ai eu personne, moi non plus.

Elle rougit en baissant les yeux et un désir violent le transperça.

— Depuis toi, aucune femme ne m'a attiré.

— Je… Je ne peux pas dire la même chose.

La gorge de Mia se contracta. Nerveusement, elle éteignit et rebrancha le babyphone comme pour s'assurer qu'il fonctionnait correctement.

— Menteuse.

Sans voix, elle se leva avec une mine indignée et alla jusqu'à la balustrade. Daniel la suivit.

— Je n'en suis plus là, Daniel. J'ai eu un bébé. J'ai d'autres priorités.

— Tu as eu mon bébé… secrètement, remarqua-t-il. Ta vie a peut-être changé, mais tu es toujours aussi désirable. La maternité ne suffit pas pour s'épanouir, Mia. De mon côté, pour être tout à fait clair, j'ai toujours du désir pour toi.

Mia était abasourdie. *Daniel la désirait.*

Elle n'avait pas rêvé cet embarras, parfois, cette tension

sensuelle dans l'atmosphère. Mais cette révélation l'effrayait. Comment se protéger, maintenant, ne pas perdre la tête ? S'il découvrait que c'était réciproque, il n'y avait plus de rempart pour la défendre.

Elle se sentait dangereusement exposée. Et le décor de rêve ne l'aidait pas à retrouver une cuirasse.

Démunie, elle choisit le premier argument qui se présenta.

— Écoute, Daniel, ce qu'il y a eu entre nous est mort le jour où notre…

— Tais-toi, coupa-t-il sévèrement. Inutile de me rappeler ma réaction à l'hôpital. Je ne peux pas revenir en arrière.

— Je sais. Excuse-moi.

Il s'était expliqué depuis.

— Le désir n'est pas mort avec la fin de notre relation, reprit-il. Si tu crois cela, tu ne trompes que toi-même.

— C'est vrai pour moi, s'entêta-t-elle.

Une étincelle s'alluma dans les yeux de Daniel.

— Tu espères vraiment me convaincre ?

Elle s'empourpra en se remémorant leur baiser incendiaire, à l'Opéra, mais persévéra.

— Tant pis si tu ne me crois pas, Daniel. Cela m'est égal.

Il s'approcha. Mia demeura fermement campée sur ses jambes en ignorant son parfum troublant, si viril…

— On peut vérifier, Mia ?

Elle frémit intérieurement. Mais elle était prête à relever le défi. Si elle lui donnait une preuve d'indifférence, il avait assez d'orgueil et d'honnêteté pour ne pas insister. C'était le seul moyen.

Elle haussa les épaules avec une fausse nonchalance.

— Si cela t'amuse…

Il la prit au mot.

— Ferme les yeux.

Elle s'exécuta en soupirant.

Pendant un long moment, il ne se passa rien. Malgré

une terrible envie de cesser ce petit jeu stupide, elle ne voulut pas lui donner la satisfaction d'abandonner.

Puis, il souleva ses cheveux, sur une épaule.

*Il était derrière elle.*

Tous les sens en alerte, elle guetta la suite. Son souffle caressa doucement sa peau et il écarta le bord du caftan pour déposer un baiser léger au creux de son cou, à un endroit qu'il savait particulièrement sensible.

Mia agrippa la balustrade. Elle ne trahirait rien de son combat intérieur. Elle sentit la pointe de sa langue, et peut-être le bout des doigts et… plus rien.

Elle rouvrit les yeux. Elle avait réussi, résisté !

Juste comme elle retournait vers la table, il lui barra le passage avec un sourire moqueur.

— Tu ne croyais tout de même pas t'en tirer aussi facilement ?

Il prit son menton entre le pouce et l'index puis se pencha pour un baiser torride, explicite. Elle voulut protester. Mais le courage lui manqua brusquement.

Le torse musclé de Daniel, la tiédeur de son corps rassurant agirent sur elle comme un aphrodisiaque, anéantissant fatalement sa raison. Une seule pensée, obsessionnelle, occupa bientôt tout son esprit. Ce baiser ne suffirait pas. Elle voulait davantage. S'immerger dans le plaisir, totalement.

Se hissant sur la pointe des pieds, elle enlaça Daniel par le cou. Ses seins se pressèrent avidement contre son torse. Il promena les mains sur sa taille et ses hanches, comme s'il modelait une statue d'argile, avant d'enfouir les doigts dans la masse de ses cheveux pour tirer sa tête vers l'arrière.

Il l'embrassait avec une fougue dominatrice, irrésistible. En même temps, il releva le bas du caftan, dénudant jusqu'en haut ses longues jambes fuselées. Elle se frotta impudiquement contre son érection lorsqu'il écarta la dentelle de sa culotte.

Puis, tout à coup, Mia s'écarta, la vue brouillée, le souffle court. Plusieurs choses se bousculaient dans son cerveau embrumé. Surtout, elle avait perdu la bataille contre Daniel.

Animée par un mélange de colère et de frustration sexuelle, elle trouva la force de le repousser. Son caftan retomba, se remettant en place.

Daniel la fixa d'un air neutre, parfaitement insupportable. Elle aurait préféré une expression victorieuse…

Une autre perception pénétra son esprit confus. Le babyphone crépitait. *Lexi.* La réalité reprit ses droits.

Consciente d'avoir perdu la face, elle tenta malgré tout de rassembler sa dignité en lambeaux.

— Je ne suis pas venue ici pour me faire séduire.

Elle marcha jusqu'à la table en chancelant légèrement et saisit le babyphone.

— Tu ne peux pas nier ce qui vient de se passer et te cacher éternellement derrière Lexi, dit Daniel derrière elle.

Elle s'enfuit très vite.

Mia était à vif et ne dormit pas de la nuit.

Heureusement, le lendemain, à pied d'œuvre pour s'occuper de Lexi, Odile emmena l'enfant pour une promenade de découverte.

Dans un état de grande agitation, Mia partit à la plage. La houle étant trop forte pour se baigner, elle marcha dans les vagues du bord. Qu'allait-il arriver avec Daniel, maintenant ?

S'il avait résolu de la séduire, comme la première fois, elle n'avait aucune chance.

Un mouvement attira son attention sur le sentier qui

menait à la villa. Quelqu'un lui faisait signe. *Daniel.* Vêtue simplement d'un short et d'un haut de bikini, elle se sentit trop exposée, vulnérable…

— J'ai besoin de toi, dit-il quand elle le rejoignit.

Elle faillit trébucher, mais il la rattrapa. S'il l'embrassait, elle n'aurait pas la force de résister. Elle tremblait presque et n'était plus capable de cacher ses émotions.

— Ce qui s'est passé hier soir ne signifie rien, commença-t-elle en prenant les devants. Une liaison avec toi ne m'intéresse pas…

Daniel secoua la tête.

— Je ne parle pas de cela…

Elle se sentit stupide.

— De quoi s'agit-il, alors ?

Saisie par une appréhension, Mia serra le bras de Daniel.

— Lexi… ?

— Odile est en train de lui donner à manger. Tout va bien.

— Alors…

— Nous avons un problème avec le shooting. La mannequin, plus précisément. On l'a emmenée au dispensaire parce qu'elle se plaignait de maux de ventre. Apparemment, c'est une appendicite. On la transporte en urgence à San José. Il faut la remplacer.

« J'ai besoin de toi. » Mia comprenait, maintenant. Elle n'avait pas rêvé.

— Je n'ai pas le profil pour une campagne Devilliers, tu le sais très bien. D'ailleurs, je n'ai jamais compris pourquoi on m'avait recrutée, il y a deux ans.

— Parce que je t'avais choisie.

Mia n'en crut pas ses oreilles.

— Moi ? Tu ne me connaissais même pas !

— Je t'avais vue sur une affiche, celle où tu souffles une bulle de chewing-gum.

Mia se souvenait de cette photo publicitaire pour une marque de mode qui ciblait des adolescents.

— Quelle idée bizarre ! Rien ne pouvait être plus éloigné de l'élégance sophistiquée de Devilliers.

— Justement. J'ai réagi à l'instinct. J'avais envie d'un vent de fraîcheur pour balayer les clichés poussiéreux.

Mais finalement ces photos n'avaient pas été retenues par l'attaché de presse…

Quoi qu'il en soit, après la soirée de la veille, Mia préférait garder ses distances.

— Trouve quelqu'un d'autre. Ce ne devrait pas être très compliqué.

Il secoua la tête.

— Ce shooting n'est pas officiel. Je veux mettre le conseil d'administration devant le fait accompli. J'essaye de moderniser la maison, mais ils freinent mes initiatives.

« Si je recrute une nouvelle mannequin maintenant, il y a de fortes chances pour qu'ils l'apprennent. Or, ils me croient en vacances avec toi et le bébé.

— Autrement dit, tu te sers de nous ! l'accusa-t-elle.

Elle était vraiment trop naïve…

— Non. Quand tu as accepté de me rejoindre, j'en ai profité pour détourner leur attention. Ce n'était pas prémédité.

Elle hésita encore. Quelle excuse invoquer ?

— S'il te plaît…, implora-t-il, la main sur le cœur.

Ce geste ramena Mia deux ans en arrière, quand Daniel la suppliait d'accepter ses invitations. Pour un magnat des affaires, il faisait preuve d'une grande humilité. Son arrogance n'était que de façade. Il n'écrasait jamais personne de sa supériorité ou son intelligence, même quand il se moquait. Une fois ou deux, il avait taquiné Mia sur son manque de culture générale, un trait typiquement américain selon lui, mais ce n'était jamais méchant.

Si elle avait souffert à cause de lui, il n'y était pour rien. Elle avait eu tort de s'attacher.

Il ne fallait pas recommencer.

Mia croisa les bras.

— Je serai bien rémunérée ?

Il annonça un chiffre exorbitant. Elle faillit tomber à la renverse.

— Cela me semble… raisonnable.

— Alors, tu es d'accord ?

Elle chercha en vain un signe de triomphe sur son visage.

— Oui.

Finalement, Mia préférait s'occuper. Cela lui éviterait de ruminer ses souvenirs ou de trop repenser au baiser de la veille.

Curieusement, Daniel n'y avait fait aucune allusion. Il se conduisait comme s'il ne s'était rien passé. Se repentait-il ?

Au bout de quelques heures, Daniel regretta presque d'avoir engagé Mia. Elle était bien meilleure que la première mannequin, mais la question n'était pas là. Il avait un mal fou à se contrôler et n'avait qu'une idée en tête, l'emmener à la villa, arracher son maillot de bain et lui faire l'amour.

Il avait eu raison dès le début. C'était elle qui serait l'égérie de Devilliers. Il en avait désormais la conviction.

Il axerait la campagne sur le concept de décadence sexy, à des années-lumière de l'élégance raffinée que Devilliers avait symbolisée jusque-là. Pour le moment, le projet restait top secret.

Il manquait à la modèle originale, certes très glamour, cette sensualité que Mia portait à un point d'incandescence. Toute l'équipe le sentait. Pendant une pause, la photographe s'approcha de Daniel.

— Qui est-ce ? lui demanda Adèle. J'en ai la chair de poule. Elle est renversante.

— Oui.

Mia, qui avait posé à genoux, se relevait. La styliste lui ôta bracelets et collier qu'elle rangea dans un coffret, et le remit à un agent de sécurité. L'ensemble des bijoux de la campagne équivalait à la dette d'un petit pays.

Sur n'importe qui d'autre, le maillot une pièce vert émeraude de Mia aurait paru très ordinaire. Pas sur elle. La coupe échancrée allongeait encore ses jambes magnifiques et le décolleté soulignait la rondeur parfaite de ses seins. Ses cheveux tirés en arrière faisaient ressortir ses grands yeux verts et le rouge vif de ses lèvres éclatait sur la peau cuivrée de son visage.

Daniel et son équipe obtenaient exactement l'effet recherché, une ambiance torride et envoûtante pour présenter les dernières créations Devilliers, de grosses pierres serties dans des montures modernistes en argent, or rose ou platine. La forêt luxuriante en toile de fond apportait une note sauvage et exotique.

Enveloppée dans un peignoir, Mia emprunta le portable de Daniel pour passer un appel en visio à Odile et Lexi. En l'écoutant rire et bavarder gaiement, il ne put s'empêcher de comparer son attitude avec celle de ses parents. Jamais on ne lui avait parlé avec de tels accents de tendresse. Son père et sa mère lui avaient toujours témoigné une froideur méprisante ou irritée, en l'accablant de leurs reproches et de leur colère… « C'est de ta faute, Daniel. »

Elle raccrocha.

— Tu fais du bon travail, dit Daniel.

Elle parut embarrassée.

— Je manque de préparation et je ne sais pas ce que tu recherches.

Il la prit par la main pour la conduire vers les écrans de

contrôle et l'équipe s'éclipsa discrètement pendant qu'il lui montrait les épreuves.

— Waouh, ce n'est pas du tout moi !

— Mais si ! protesta-t-il, frappé par sa modestie.

— C'est une nouvelle ligne de bijoux ?

— Oui. Je vais la lancer avec cette campagne.

— Cela me plaît. C'est frais et inédit.

*Frais et inédit.* Comme leur relation, songea Daniel quand la styliste arriva avec une nouvelle tenue pour la suite. Après le baiser incendiaire de la veille, il était plus que jamais déterminé à reconquérir Mia.

Après le baptême du feu du premier jour, Mia gagna en assurance. Le travail pour des catalogues était très différent. Elle n'avait plus fait de photos de mode depuis longtemps et prenait plaisir à l'aspect créatif de l'exercice.

Daniel ne la quittait pas des yeux et elle avait une conscience aiguë de sa présence. Pendant la pause du déjeuner, comme il discutait avec l'équipe, elle alla s'asseoir à l'écart, au bord de l'eau.

Il la rejoignit peu après.

— Le résultat dépasse mes espérances, commenta-t-il. Vous faites un excellent travail, Adèle et toi.

— Merci, murmura-t-elle, gênée.

Elle avait toujours du mal à accepter les compliments.

— Lexi et Odile…

— Je viens de les appeler. Tout va bien.

Sa fille lui manquait.

— Elles peuvent venir faire un tour sur le plateau, suggéra Daniel, comme s'il lisait dans ses pensées.

— Oh ! j'en serais ravie. Je n'ai pas l'habitude de la laisser aussi longtemps.

— Ne t'inquiète pas, tu es une bonne mère.

Il s'interrompit un instant.

— Pas comme la mienne qui était constamment en colère… Elle n'était sûrement pas heureuse avec mon père. Ses enfants l'irritaient. Elle ne s'est jamais occupée de nous.

Mia regrettait d'avoir été si dure avec lui… Elle ouvrit la bouche, mais l'assistante d'Adèle l'appela à ce moment-là. Elle se leva pour passer au maquillage.

Quand elle recommença à poser, ses émotions ne s'étaient pas calmées. Elle ne contrôlait plus son corps. Pour son plus grand embarras, ses seins pointèrent sous le bikini pendant que son esprit vagabondait et s'égarait.

Elle se remémorait les caresses de Daniel, ses baisers fous, partout sur son corps…

— Mia ?

Elle cilla les paupières et se tourna vers Adèle.

— On va s'arrêter là pour aujourd'hui, dit la photographe. Tu as été sublime.

Mia se releva et étira ses membres engourdis en évitant soigneusement le regard de Daniel. Elle avait envie de plonger dans l'océan et de nager longtemps pour relâcher la tension qui lui nouait le ventre, et desserrer l'étau qui comprimait son cœur.

À cause de Daniel Devilliers.

# 8.

— Où est Mia ? demanda Daniel à un assistant.

Ils rangeaient le matériel. Adèle repartant à New York pour le week-end, ils reprendraient les séances lundi, pour un dernier jour de travail. Toute l'équipe se réjouissait de bénéficier d'un repos forcé dans ce paradis tropical.

— Elle est partie nager, l'informa le jeune homme.

Aussitôt, une anxiété irraisonnée s'empara de lui. Il empoigna une serviette et partit vers la plage. L'océan paraissait particulièrement agité, avec des vagues énormes qui se brisaient dans un fracas assourdissant.

Des promeneurs flânaient, leur chien sur les talons. Des enfants jouaient dans le sable. L'horizon se parait des teintes rouge et or du couchant. Conquis par la *pura vida* qui faisait la renommée du Costa Rica, il avait acheté cette villa sur un caprice, avec l'envie de cultiver un style de vie libre et sans contraintes.

Il scruta la mer. Où était Mia ? Il ne la voyait pas et commençait à s'inquiéter sérieusement. Il sursauta en l'apercevant enfin, de l'eau jusqu'à la taille. Un instant, il crut qu'elle était nue et tressaillit. Elle portait le maillot couleur chair qu'ils avaient utilisé pour les dernières prises de vues.

Elle essora ses longs cheveux sur une épaule. Plus d'un se retournait sur son passage. Elle était belle comme une déesse. On aurait dit Aphrodite.

Daniel respira. Tout allait bien.

Elle vint à sa rencontre avec une expression embarrassée, comme si elle lisait dans ses pensées. Sa modestie étonnait toujours Daniel. Elle ne tirait aucun profit de sa beauté. Sa simplicité naturelle, dénuée d'arrogance, ajoutait à son charme et le captivait depuis le début.

— Excuse-moi, je suis en retard ? lança-t-elle.

— Pas du tout.

Il lui tendit la serviette dont elle s'enveloppa en se frottant vigoureusement.

— Tu devrais te baigner, l'eau est délicieuse. D'ailleurs, je ne te vois jamais dans la piscine. Tu n'aimes pas nager ?

— Non, répliqua-t-il sur un ton cassant.

— Pourquoi ?

Songeuse, elle s'arrêta.

— Tu avais l'air bizarre, l'autre jour, à la piscine, reprit-elle comme si elle réfléchissait à voix haute. Tu parlais d'installer une barrière. Il s'est passé quelque chose ?

Puisqu'il avait commencé à se confier à elle, il se sentait presque obligé de tout lui raconter.

— Ma sœur est morte noyée dans la piscine de notre château.

Mia mit la main sur sa bouche.

— Oh ! Daniel… Je suis désolée. Elle avait six ans, n'est-ce pas ?

Il hocha la tête.

— Nous jouions ensemble. À un moment, je suis parti chercher une balle au château. J'ai entendu un cri, puis le bruit d'un plongeon. Je suis revenu en courant, mais c'était trop tard. Elle flottait sur le ventre, du côté profond. Elle commençait juste à apprendre à nager et n'avait pas de brassards. J'ai sauté pour essayer de la remettre sur le dos. Mais j'ai paniqué. J'ai bu la tasse et je me suis évanoui…

— Tu as failli te noyer aussi, commenta Mia, horrifiée.

— Sans doute. Je n'ai jamais vu les choses ainsi.

— Où étaient tes parents ?

— À l'intérieur, probablement en train de se disputer comme d'habitude. C'est le jardinier qui nous a sortis de la piscine. Malheureusement, pour Delphine, c'était trop tard.

— Delphine… C'est le nom de ta dernière collection, n'est-ce pas ?

Il acquiesça d'un signe de tête. Comment expliquer que sa sœur inspirait non seulement toutes ses créations, mais sa vie entière ? Il avait accepté l'héritage pour elle, parce qu'elle adorait les bijoux. Il savait toujours précisément quel âge elle aurait si elle avait vécu. Elle serait devenue une vraie beauté, si elle n'était pas morte *par sa faute*. Il n'avait pas su la protéger.

Mia lui lança un regard compatissant.

— Tu te sens coupable, j'imagine ?

*Oui.* Mais il ne ferait pas cet aveu à Mia.

— Ma mère m'a rendu responsable de l'accident. Ce sont quasiment les derniers mots qu'elle a prononcés en quittant le château. Pendant des années, j'ai cru qu'elle était partie à cause de cette tragédie. En fait, j'ai découvert beaucoup plus tard qu'elle avait un amant.

— Elle projetait sur toi sa propre culpabilité.

— Peut-être. En tout cas, je n'aurais pas dû laisser Delphine seule.

— Je sais, pour avoir mon diplôme de maître nageur-sauveteur, combien il est difficile de secourir une personne en détresse. Sans entraînement spécifique, c'est quasiment impossible, même pour un adulte sportif et solidement bâti. Tu avais neuf ans.

Mia avait raison. Malgré tout, ses propos n'étaient d'aucun réconfort à Daniel. Il gardait cette blessure enfouie depuis trop longtemps.

— Cela appartient au passé, maintenant, dit-il.

— Tu en subis encore les conséquences puisque tu ne te baignes jamais.

— Je peux m'en passer.

— Et s'il arrivait quelque chose à Lexi et que je ne sois pas dans les parages ?

Le sang de Daniel ne fit qu'un tour.

— Il n'est pas question de lui faire courir le moindre danger. Je ferai installer cette barrière.

— Les drames sont imprévisibles, Daniel. C'était un accident.

Ce soir-là, Daniel était dans son bureau en train de boire un whisky. Le chaud liquide ambré ne parvenait pas à chasser la douleur qu'avait éveillée l'évocation du drame. Il s'étonnait encore d'avoir tout dévoilé à Mia.

Même si ses questions étaient légitimes, il lui en voulait de toujours appuyer sur le point sensible.

La première fois, c'était l'article de journal sur ses fiançailles avec Sophie Valois qui avait tout déclenché. La douche froide avait percé le cocon de sensualité et l'avait complètement dégrisé.

À présent qu'il était retombé sous le charme de Mia, il n'aurait eu aucun scrupule à la séduire de nouveau. Une fois rassasié, le désir émoussé, il serait reparti en oubliant ces grands yeux verts qui le sondaient jusqu'aux tréfonds de son âme.

Mais il y avait aussi Lexi, qui éveillait tous ses instincts protecteurs.

Jamais il ne se pardonnerait d'avoir failli à Delphine.

« C'était un accident. »

Mia compatissait, mais ne comprenait pas. Rien, jamais, ne le délivrerait de sa culpabilité. Sauf peut-être le bonheur qu'il pouvait offrir à Lexi…

Daniel sursauta en entendant un bruit. Instantanément, son pouls s'accéléra. Mia se tenait dans l'embrasure de la porte, avec pour tout vêtement un grand T-shirt, les jambes et les pieds nus. Ses seins pointaient sous le tissu. Depuis deux jours, leur vue l'obsédait.

Il cilla plusieurs fois les paupières.

Une bouteille d'eau à la main, le babyphone dans l'autre, elle paraissait aussi troublée que lui.

— Mia ?

Incapable de trouver le sommeil à cause des confidences de Daniel, Mia était partie à la cuisine chercher de l'eau. Intriguée par la lumière dans le bureau, elle s'était approchée pour le découvrir absorbé dans ses réflexions, un verre à la main. Elle aurait dû rester en retrait…

L'air se chargea d'électricité.

— Je… je n'arrivais pas à dormir. Excuse-moi, je ne voulais pas te déranger…

Elle se tourna pour s'en aller.

— Attends.

Elle vit son reflet dans une glace accrochée dans le couloir. Il regardait ses jambes avec un tel désir qu'elle retint son souffle.

Si elle repartait dans sa chambre, il n'insisterait pas. Mais c'était impossible.

Brusquement, à cause de cet endroit magique ou de ses confidences, peut-être aussi de leur histoire ancienne, elle n'était plus capable de résister.

Elle lui fit face. Il n'était qu'à quelques centimètres.

Il prit la bouteille et le babyphone puis les posa sur une table. Dans le silence, on entendit un babillage inintelligible.

— Elle ne dort pas ?

Mia écouta avec attention.

— Si. Elle parle dans son sommeil. Les premières fois, j'ai eu très peur. Maintenant, j'ai l'habitude.

Une expression douloureuse passa sur le visage de Daniel.

— Cela arrivait aussi à Delphine.

Le cœur de Mia se serra.

— Daniel… Je suis si…

Il posa un doigt sur sa bouche en la dévorant des yeux, et glissa son autre main sous ses cheveux, sur sa nuque.

— J'ai envie de toi, Mia.

*Ici. Maintenant.*

Il n'avait pas besoin de le dire. Les vibrations, entre eux, étaient suffisamment éloquentes.

— Je…

Elle hésita un instant. Comme si elle avait le choix. Comme si elle pouvait ignorer le désir qui la poussait à nouveau vers l'homme qui lui avait révélé sa sensualité.

*Le père de Lexi.*

Une sorte d'instinct de propriété, très primitif, s'empara d'elle.

— Moi aussi, répondit-elle d'une voix rauque.

Elle s'autorisait enfin à céder en faisant fi des conséquences.

Il l'attira vers lui et lui prit le menton pour incliner sa tête en arrière. Puis il l'embrassa.

Mia s'enflamma à son contact. Elle retrouvait avec un plaisir infini le goût de sa bouche et de ses baisers. Leurs langues se mêlèrent et elle poussa un gémissement indistinct. Ou ce fut lui qui grogna. Elle ne savait plus.

Il attrapa le bas de son T-shirt et elle leva les bras pendant qu'il le glissait par-dessus sa tête. Sa poitrine s'alourdit et se tendit sous son regard.

Mia se mordit la lèvre quand il caressa doucement un sein entre ses doigts.

— Tu es si belle…

Une émotion intense étreignit Mia.

— Je veux te voir aussi.

Daniel se mit torse nu.

Elle posa les paumes à plat sur sa peau. Comme c'était bon de sentir ses muscles jouer sous ses doigts… Il la conduisit sur la terrasse devant son bureau, où se trouvaient deux lits de repos.

— Allonge-toi.

Mia obtempéra pendant qu'il ôtait son jean et son caleçon, libérant son sexe fièrement dressé. Pour elle. Seulement pour elle. Il n'avait connu personne d'autre depuis deux ans. Comme elle.

Il s'agenouilla et la prit par les hanches pour la tirer vers lui. Elle ne portait pas de culotte. Ils étaient nus tous les deux et Mia n'éprouvait aucun embarras.

— Ouvre les jambes.

Une vague de chaleur inonda la jeune femme à la façon dont il la regarda. Nouant les chevilles de Mia derrière sa nuque, il l'embrassa à l'endroit précis où battait le cœur vibrant de sa féminité.

Il la maintenait sous les fesses. Complètement livrée à lui, elle n'avait nulle part où se cacher tandis qu'il explorait sa chair tendre et délicate, écartant ses lèvres comme des pétales fragiles. Il ne fallut que peu de temps à Mia pour basculer dans une extase vertigineuse. Cela faisait si longtemps… Elle ne se souvenait pas que le plaisir pouvait être aussi bouleversant.

Son cœur battait à tout rompre quand Daniel redressa la tête à demi, avec un sourire satisfait.

— Tu es toujours aussi sensible.

Il se pencha pour prendre un préservatif dans la poche de son jean.

*Bien*, songea-t-elle tout en regrettant un contact plus direct. Ils n'avaient pas besoin d'un nouveau drame…

Il contempla son corps qui s'offrait en toute impudeur et elle sentit le désir renaître.

— S'il te plaît, Daniel…

Sans se faire prier davantage, il la pénétra. L'émotion de Mia fut si grande qu'elle en eut les larmes aux yeux.

Elle se souleva à sa rencontre, l'implorant muettement de bouger. Il commença par se retirer pour plonger à nouveau en elle avec une lenteur pleine de sensualité, plusieurs fois. Encore et encore, jusqu'à ce que la pure sensation physique les habite tous les deux.

Mia faillit crier quand Daniel attrapa ses jambes et les passa autour de sa taille. Elle se retint pour ne pas troubler le profond silence de la nuit autour d'eux.

Petit à petit, les mouvements de Daniel se firent plus rapides et vigoureux. La tension de Mia augmenta et une spirale l'aspira, inexorable.

— Laisse-toi aller, Mia. Lâche prise, commanda Daniel.

Malgré son envie de s'abandonner, Mia résistait obstinément.

— Toi d'abord…

Les yeux de Daniel s'écarquillèrent. Un tremblement le secoua tandis qu'il s'efforçait de garder le contrôle. Puis, il poussa un grognement inarticulé et la jouissance l'emporta.

Alors seulement, Mia accepta de sombrer dans le plaisir, qui explosa en déferlant vague après vague, longuement. Quand les spasmes s'espacèrent enfin, elle retomba inerte, épuisée.

Au bout de ce qui sembla une éternité, ils reprirent conscience et leur respiration se calma. Le corps de Daniel pesait délicieusement sur Mia, qui savourait sa plénitude.

— Je me vengerai, la taquina Daniel.

Mia lui caressa la joue.

— Je n'ai pas résisté longtemps. Je t'ai suivi tout de suite.

Un tremblement incoercible agita sa main quand Daniel

déposa un baiser au creux de sa paume. L'émotion menaçait à nouveau de la submerger.

— Je devrais peut-être… m'inquiéter de Lexi…

Daniel se dégagea à contrecœur. Elle aurait voulu aussi le retenir en elle. Son corps protestait. Elle réalisait à peine ce qui venait de se produire, mais y avait pleinement participé de tout son être.

Pour l'instant, Mia préférait ne pas trop réfléchir, mais elle avait peur d'avoir ranimé des besoins et des désirs insatiables.

Elle s'assit avec effort, juste comme Daniel, qui avait déjà remis son jean, lui tendait son T-shirt. Elle l'enfila et prit la main qu'il lui offrait. Il avait une expression indéchiffrable.

Il la reconduisit jusqu'à sa chambre et s'arrêta devant sa porte.

— Pas de regrets, Mia.

Elle refoula un très léger remords qui commençait à monter. Elle avait choisi librement de se donner à Daniel.

— Non, aucun regret.

Mia se réveilla désorientée, le corps agréablement endolori. Elle s'affola en se remémorant brusquement les événements de la veille.

Le soleil était déjà haut dans le ciel et Lexi n'était pas dans son lit, mais on l'entendait babiller. Odile était-elle entrée dans sa chambre pour la lever ? Cela paraissait très improbable.

Tout autant que la seconde éventualité…

Elle se leva et se passa de l'eau sur le visage, puis enfila un bermuda et un chemisier noué à la taille. Rien ne l'avait préparée au tableau qu'elle découvrit dans la salle à manger. Habillée d'une barboteuse à fleurs, Lexi était assise sur une chaise haute en face de Daniel.

— Baba ! dit-elle en martelant son assiette avec sa cuillère.

— Non, baba c'est toi. *Moi, c'est papa,* répondit Daniel en pointant son index sur lui.

Lexi ouvrit la bouche avec application.

— Abba !

Il se mit à rire.

— Non, ma chérie. *Papa*.

Des émotions conflictuelles envahirent Mia, un mélange de soulagement et de fierté, d'inquiétude et de possessivité. Elle se sentait aussi très vulnérable à cause de la passion qui l'avait emportée la veille. La vue de ces deux têtes brunes réunies la bouleversait.

Lexi l'aperçut.

— Mama !

Daniel se retourna et Mia s'approcha avec une nonchalance forcée, comme si tout était normal et naturel.

— Elle le dira quand tu t'y attendras le moins, tu verras.

Elle embrassa sa fille.

— Tu aurais dû me réveiller, ajouta-t-elle.

Elle s'étonnait de ne rien avoir entendu.

Daniel s'adossa contre sa chaise. Rasé de près, il avait l'air frais et dispos après une bonne nuit de sommeil, alors qu'elle avait l'impression de ne pas être très présentable.

— Odile l'a entendue babiller et est venue me demander si elle pouvait la prendre pour que tu te reposes. Je m'en suis chargé. Mais c'est elle qui a changé sa couche et l'a habillée. Je lui ai donné congé pour la journée. Nous partons en excursion.

— Ah bon ?

— Si tu veux bien. Il y a une jolie cascade dans les environs. Gabriela va nous préparer un pique-nique.

Le projet ne plaisait guère à Mia. Tout allait beaucoup trop vite. Le contrôle de la situation lui échappait. Mais n'ayant pas d'argument valable pour refuser, elle capitula, avec la très désagréable impression de s'aventurer en territoire inconnu…

— J'insiste, dit Odile. J'ai eu toute une journée de congé et je suis ici pour m'occuper de Lexi. D'ailleurs, je vais installer son lit dans ma chambre. Vous dormirez mieux cette nuit.

Mia foudroya Daniel du regard. Manifestement, il avait conspiré avec Odile pour pouvoir l'inviter au restaurant. En même temps, un petit frisson la parcourut à l'idée de sortir avec lui.

Qu'étaient devenues ses belles résolutions ?

Elles avaient fondu comme neige au soleil pendant la journée. Le lien qui se formait sous ses yeux entre le père et la fille la troublait intensément.

Elle céda.

— D'accord, je vais me changer.

Elle choisit une robe à bretelles vert foncé, très simple, boutonnée devant, releva ses cheveux et ne prit même pas la peine de se maquiller. Il ne fallait pas donner à Daniel l'impression de vouloir lui plaire…

La journée s'était écoulée agréablement, dans un parc national rempli d'oiseaux exotiques qui avaient enchanté Lexi. Daniel l'avait portée contre lui dans une écharpe, sous le regard attendri de Mia qui avait de plus en plus de mal à cacher son émotion.

Ils avaient bavardé librement, comme avant. Elle éprouvait le même étonnement qu'alors à se sentir aussi à l'aise avec un homme comme lui. À l'époque, ce bien-être avait peu à peu nourri des espérances infondées.

Elle les avait extirpées à grand-peine de son cœur, et il n'était pas question de retomber dans les mêmes erreurs. Malgré la passion physique qui les réunissait, Daniel n'était pas disponible sentimentalement.

Il n'avait jamais voulu un enfant. Seul son sens des responsabilités lui dictait les efforts auxquels il consentait.

Mia était dans un état d'extrême tension avant même d'arriver dans le charmant restaurant de Santa Teresa. L'image de Lexi pelotonnée contre le torse de Daniel flottait constamment dans son esprit.

Anxieuse de préserver ses défenses, elle eut un mouvement de recul quand Daniel posa une main dans son dos pour la conduire jusqu'à la table qu'il avait réservée sur le roof-top. Il lui lança un regard perplexe…

— Tu es particulièrement belle, ce soir, dit-il.

Elle lui jeta en retour un regard suspicieux. Autour d'eux, les gens étaient très bien habillés, beaucoup mieux qu'elle. Elle se reprocha sa mesquinerie.

— J'aurais pu faire un effort, admit-elle.

— Tu n'as vraiment pas conscience de ta beauté.

Elle rougit.

— Tu n'es pas obligé de me faire des compliments.

— C'est la vérité. Ta vie va changer, après le lancement de la campagne Delphine. Tu seras très sollicitée.

— De toute manière, je ne cours pas après le succès.

Sans lui laisser le temps de poursuivre, elle entra directement dans le vif du sujet qui lui tenait à cœur.

— Que ce soit bien clair, Daniel. Je ne suis pas là pour être séduite. Ce qui s'est passé hier… était une erreur. Qui ne se reproduira pas.

Le serveur apporta une bouteille de vin blanc et les servit. Daniel leva son verre comme si de rien n'était.

— *Salud.*

Elle trinqua avec lui.

— Je suis sérieuse, Daniel.

Elle avait préparé toute une série d'arguments, et sa réponse la prit complètement de court.

— Tu as probablement raison.

La déception qui l'envahit la remplit de honte.

— Mais si tu te crois capable de résister à ce qui existe entre nous, tu es plus forte que moi, ajouta-t-il.

La panique la prit. Elle aurait dû se douter qu'il n'abandonnerait pas la partie si vite.

— Le désir physique finit par s'émousser.

— Il est intact après deux années.

Elle frémit d'appréhension. Quand on apporta les hors-d'œuvre, une délicieuse salade aux fruits de mer, ils observèrent une trêve de courte durée.

— Depuis que tu m'as parlé de ton ex, je comprends pourquoi cette histoire avec Sophie Valois t'a autant perturbée, reprit Daniel au bout de quelques minutes. Je suis désolé.

Mia ne s'attendait pas à un aveu d'une telle franchise.

— Tu ne pouvais pas savoir.

— Tu t'es bien gardée de me faire des confidences.

*Pour me protéger. Même si cela n'a servi à rien.*

— Je peux dire la même chose de toi, répliqua-t-elle, sur la défensive.

— Oui, nous réagissons pareil. D'habitude, les femmes m'assomment avec toutes sortes de questions indiscrètes. Au début, je t'ai trouvée… rafraîchissante. Ensuite, ton manque d'intérêt m'a un peu vexé, je l'avoue.

C'était tout le contraire de ce qu'il croyait… Elle avait eu un mal fou à feindre le détachement, et cela n'avait strictement rien changé.

# 9.

À leur retour à la villa, Mia n'en menait pas large. En dépit de sa volonté de se préserver, la soirée avait sérieusement entamé ses résolutions. Un parfum de tentation, irrésistible, flottait dans l'air.

Envahie par un mélange de peur et d'excitation inopportune, elle bredouilla une vague excuse.

— Je vais voir Lexi.

— Elle est dans la chambre d'Odile.

— Ah oui…

Daniel comprenait sûrement ce qu'elle ressentait. La volonté lui manquait. Jamais elle n'avait éprouvé comme en ce moment la force du lien qui s'était tissé entre eux, envers et contre tout.

Il lui caressa la joue du dos de la main.

— Mia, tu sais combien j'ai envie de toi. Mais tu es libre de dire non. Je ne m'imposerai pas.

Le sang de Mia battait contre ses tempes avec un bruit assourdissant.

— Je me sens perdue… désorientée.

— Pourquoi résister à tout prix ? Faisons plutôt confiance au destin qui nous a réunis. De toute façon, nous formons une famille, à présent.

*Une famille.* À ce mot, les dernières barrières protectrices de Mia s'écroulèrent. Le vacarme, dans son esprit, s'apaisa. Elle voulait Daniel. Chevillé en elle, le désir qu'il lui inspirait ne l'avait jamais quittée. Pendant ces deux années, elle s'était souvent demandé pourquoi d'autres hommes ne l'attiraient pas.

La réponse était là, devant elle. Subitement, tout sembla très simple.

« Faisons confiance au destin qui nous a réunis. »

Le chemin était tout tracé.

Elle s'avança et se pendit à son cou, en fixant sa bouche ferme et sensuelle.

— Emmène-moi au lit, Daniel.

Il la souleva dans ses bras et la porta jusque dans sa chambre, à travers la villa silencieuse perchée sur une colline, entre l'océan et la forêt tropicale. Il la tenait précautionneusement, comme une porcelaine précieuse et fragile.

D'abord, il se déshabilla. Puis, avec une lenteur infinie, il déboutonna sa robe, embrassant avec ferveur chaque centimètre de peau dévoilée. Il s'attarda un long moment sur ses seins, jusqu'à ce que Mia crie grâce en se tordant sous ses baisers.

Alors seulement, sans oublier les précautions d'usage, il joignit son corps au sien, avec une fougue éperdue. Le plaisir de Mia explosa presque aussitôt, avec une violence inouïe, comme pour railler son aspiration illusoire à tout contrôler.

Mia s'éveilla avec le souvenir délicieux du bras de Daniel sur sa taille. Pourtant il n'était plus dans le lit. Elle s'étira langoureusement, avec un sentiment voluptueux.

Elle n'avait pas envie d'analyser ce qui s'était passé. Elle avait juste eu suffisamment confiance pour capituler.

Après sa première déconvenue amoureuse, elle s'était juré de ne plus faire confiance à un homme. Mais Daniel lui redonnait espoir grâce à Lexi. Il établissait avec sa fille un lien authentique, elle en avait la certitude.

Quant à leur relation de couple, la passion physique était toujours là, explosive. Malgré tout, elle n'avait pas la naïveté de penser que des sentiments durables s'installeraient.

Elle se leva et boutonna sa robe en rougissant au souvenir des caresses de Daniel.

Il était dans la cuisine, en short et T-shirt, pieds nus, apparemment content de lui, alors qu'elle était mal réveillée et les cheveux en bataille. Il lui tendit une tasse de café.

— Ne t'inquiète pas, tu me plais quand même, plaisanta-t-il comme s'il devinait ses pensées.

Mia vacilla légèrement. Elle le retrouvait tel qu'il était autrefois, drôle, espiègle et charmeur.

— J'ai donné sa journée à Odile, annonça-t-il. J'emmène Lexi à la plage. Rejoins-nous quand tu seras prête.

Une nouvelle fois, Mia fut décontenancée par la facilité avec laquelle il s'intégrait dans leur vie.

— N'oublie pas la crème solaire, dit-elle machinalement.

— Bien sûr. Odile a tout préparé.

Il disparut et Mia resta longtemps les yeux dans le vague, un peu hagarde.

Régénérée après un bon petit déjeuner et une douche, Mia descendit à la plage. Accroupis sur le sable, Daniel et Lexi étaient absorbés dans la construction d'un château.

— Mama ! s'exclama joyeusement la petite fille.

Elle lui tendit un seau et une pelle avant de se lancer dans un babillage volubile.

— Il vaut mieux faire semblant de comprendre, dit Daniel, amusé.

Son affinité avec l'enfant se consolidait de jour en jour.

Mia hésitait entre la satisfaction et une appréhension inexplicable…

— J'ai quelque chose à te dire, annonça Daniel à un moment où Lexi s'éloignait pour ramasser des coquillages.

— Quoi ? demanda-t-elle, sur ses gardes.

— J'ai déjà parlé de mariage…

— Pas question, protesta-t-elle aussitôt vigoureusement. Je refuse catégoriquement.

Il était trop près. Elle se leva et s'écarta de quelques pas.

— Écoute-moi jusqu'au bout. Tu n'as pas à me répondre tout de suite.

Il était debout. Elle croisa les bras et attendit.

— La première fois, l'idée m'est venue spontanément, je l'avoue, sans réfléchir. Comme une solution au problème. Maintenant… Je suis sérieux, Mia. Que tu le veuilles ou non, nous sommes de toute façon une famille. Je ne me contenterai pas d'avoir Lexi une fois par semaine ou un week-end sur deux. Je veux la voir tous les jours.

— Et moi, là-dedans ? lança Mia d'un ton acide. J'ai aussi ma place ?

Il la prit par le cou. Le désir qui brillait dans ses yeux l'inonda d'une douce chaleur.

— Évidemment ! L'alchimie est toujours là. Nous nous apprécions et avons du respect l'un pour l'autre. En plus, nous avons un enfant ensemble.

« Même si je ne suis pas amoureux », aurait-il pu ajouter.

— C'est quelque chose que tu ne voulais à aucun prix ! lui rappela Mia avec amertume.

— Je sais. Mais maintenant il y a Lexi. Je ne regrette pas du tout qu'elle soit là, Mia, pas une seconde. Ni toi ni moi n'avons eu une vraie vie de famille. Notre fille mérite mieux.

Elle lui en avait beaucoup trop dit et il se servait de ses

confidences… Ils demeurèrent un long moment silencieux, à s'observer. Puis, une voix enfantine retentit à leurs oreilles.

— Papa !

Très ému, Daniel se tourna vers la petite fille.

— Qu'est-ce que tu as dit, mignonne ?

— Papa, château.

*Papa.* Mia en eut les larmes aux yeux et son émotion n'échappa pas à Daniel.

— Je te demande simplement d'y réfléchir, dit-il.

Elle hocha la tête, la gorge nouée.

Cette nuit-là, Mia demeura longtemps éveillée à ressasser sans fin des idées qui tournaient en rond. Elle avait repris Lexi dans sa chambre, juste pour lui servir de prétexte, et se protéger. Par peur d'être trop vulnérable, elle fuyait le contact et la discussion avec Daniel.

*Le mariage.*

Influencée par son enfance et son éducation, elle avait été résolument contre jusqu'à sa première expérience amoureuse. Sa désillusion l'avait guérie définitivement, du moins le croyait-elle. Ensuite, avec Daniel, elle avait recommencé doucement à espérer la possibilité d'une vie de couple.

L'humiliation que lui avait infligée son mariage arrangé avec Sophie Valois avait de nouveau sapé sa confiance.

Daniel revenait à la charge avec des arguments très rationnels. Des milliers de mariages commençaient ainsi, dans l'harmonie sexuelle, le respect mutuel et… un enfant. Cela constituait des fondations solides pour une union durable.

Mais insuffisantes pour Mia. Il était inutile de se voiler la face. Elle voulait que Daniel l'aime autant qu'elle l'aimait. Les deux années écoulées n'avaient pas altéré ses sentiments, dont elle était prisonnière, sans échappatoire possible. Car le lien qui s'établissait désormais entre Daniel et sa fille renforçait l'amour qu'elle avait pour lui.

Mia retapa son oreiller. La situation pouvait se résumer autrement. Était-elle assez généreuse pour sacrifier ses propres aspirations au bonheur de sa fille ?

La réponse se cachait au plus profond, dans le secret de son cœur.

Le lendemain, dernier jour du shooting, l'équipe s'installa sur la plage. Daniel gardait ses distances, ce qui soulageait et irritait Mia tout à la fois.

Odile avait amené Lexi, qui monopolisait évidemment l'attention. Mia eut du mal à se concentrer. Malgré tout, la séance s'acheva dans des congratulations générales.

— Coupez, c'est dans la boîte ! Vive Delphine ! lança Adèle avec enthousiasme.

L'expérience avait épuisé Mia, mais elle était ravie. Adèle la serra dans ses bras.

— Tu as été magnifique, Mia ! La gloire t'attend au tournant, maintenant. Les contrats vont pleuvoir dès que les clips et les photos sortiront.

— Tu es gentille, dit simplement Mia. Mais je ne cours pas après la célébrité.

Adèle glissa un regard en direction de Daniel qui tenait Lexi dans ses bras.

— Avec une petite famille aussi charmante, je ne t'en blâme pas.

*Une famille.* Il ne tenait qu'à elle de donner une réalité concrète à ce mot. Mia se changea et se démaquilla en s'efforçant de ne pas céder à une pression de plus en plus incontrôlable.

Quand elle émergea, Odile ramenait Lexi à la villa et Daniel l'attendait, les yeux rivés sur l'océan.

Le moment était venu de se prononcer. Mia ne pouvait pas reculer indéfiniment.

Elle s'approcha, le corps vibrant.

— Nous reprenons l'avion demain pour New York, où nous passerons deux jours avant de rentrer à Paris.

Mia l'entendit à peine. Sa réponse lui brûlait les lèvres. Si elle ne parlait pas maintenant, elle risquait de changer d'avis.

— D'accord, bredouilla-t-elle.

Surpris par sa voix mal assurée, il lui jeta un regard perplexe.

— D'accord… pour New York ?

— Non, enfin oui… pour nous marier, je veux dire.

Il se figea.

— Tu es sûre ?

*Non !*

Mais elle hocha la tête.

— C'est mieux pour Lexi.

— Et pour toi ?

— Tu as raison. Le désir physique, le respect…

— Cela te suffit ?

*Non.*

Elle scruta attentivement l'expression de Daniel, qui semblait inquiet. C'était pire que tout.

Elle ne répondit pas directement.

— Lexi a besoin de l'amour de ses deux parents.

*Et de deux parents qui s'aiment*, siffla une petite voix intérieure. Elle réprima ses doutes.

Daniel prit son visage entre ses paumes. Incorrigible, elle espérait encore lire autre chose dans ses yeux.

— Tu ne le regretteras pas, Mia. Je ferai tout pour vous rendre heureuses, toi et Lexi. Je te le promets.

Il l'embrassa et elle se lova contre lui. Un feu familier courut dans ses veines. Tant que Daniel continuerait à l'embrasser ainsi et à lui faire l'amour, elle pourrait faire semblant d'être comblée.

— Tu veux vraiment qu'on se marie à New York ?

La panique se lisait sur le visage de Mia. Avec le bruit de l'avion, Daniel entendit à peine son filet de voix.

Il haussa les épaules.

— Pourquoi pas ?

Elle ne répondit rien.

Il la contempla. Sa robe verte en soie sauvage, simple mais sexy, sublimait son teint doré. Ses cheveux avaient éclairci au soleil. Elle les avait tressés sur une épaule. Il faillit l'embrasser.

*Il avait envie d'elle.*

Elle avait passé la soirée de la veille à faire ses bagages et s'était couchée tôt, dans sa chambre…

Encore sous le coup de la surprise, elle lui opposa un argument imprévu.

— Je préférerais une période de fiançailles. Pour m'habituer à l'idée.

Daniel se crispa. Sans analyser pourquoi, il souhaitait épouser Mia le plus vite possible.

— Pourquoi attendre ? lança-t-il en lui prenant la main.

Elle se mordit la lèvre.

— Cela peut vraiment se faire aussi vite ?

Il hocha la tête.

— Aux États-Unis, une fois qu'on a la licence, on peut se marier en vingt-quatre heures.

Elle jeta un coup d'œil à l'arrière, où Odile occupait Lexi avec un puzzle.

— J'ai très envie d'officialiser nos relations, expliqua-t-il.

Un peu pâle, elle céda.

— Tu as sans doute raison. Il n'y a aucune raison d'attendre, puisque c'est décidé.

Triomphant, Daniel choisit d'ignorer l'intonation de Mia, qui paraissait curieusement réticente.

Il déposa un baiser au creux de sa paume.

Étrangement, alors qu'il avait obtenu ce qu'il voulait, Daniel eut l'impression que quelque chose lui échappait.

Ils atterrirent à JFK dans l'après-midi et un hélicoptère les transporta à Manhattan. Lexi ouvrait de grands yeux stupéfaits devant les gratte-ciel. Le pilote se posa sur la terrasse de l'immeuble qui abritait les bureaux Devilliers, avec une boutique au rez-de-chaussée.

L'appartement de Daniel, dont les fenêtres donnaient sur la Cinquième Avenue et Central Park, occupait tout le dernier étage. En face de la chambre de maître, de l'autre côté du couloir, il avait fait aménager une nursery.

— Elle grandit tellement vite ! Ce n'était pas la peine d'acheter tous ces vêtements ! protesta Mia en ouvrant l'armoire.

— Je les donnerai à une œuvre caritative.

Depuis leur conversation dans l'avion, elle évitait délibérément son regard.

— Mia.

Elle lui fit face, mal à l'aise.

— Mon notaire s'occupe de la licence de mariage. Il viendra tout à l'heure avec des papiers à remplir et à signer. Si tout se passe bien, le mariage aura lieu demain après-midi.

*C'était donc bien réel.*

Le cœur de Mia s'emballa. Une part d'elle-même espérait encore secrètement conquérir l'amour de Daniel.

Peut-être Mme Devilliers réussirait-elle là où Mia Forde avait échoué…

— Mais d'abord, je veux te donner quelque chose, reprit-il.

Mia fronça les sourcils quand il sortit un écrin de sa poche. Puis, elle retint son souffle à la vue de la bague sertie d'une émeraude encadrée de deux diamants, sur une monture en platine. Elle était très simple et… parfaite.

— Cela n'a aucun rapport avec ta mésaventure d'autrefois, ajouta-t-il prudemment. J'ai l'honneur et la fierté de te demander de m'épouser.

Une émotion intense la submergea malgré elle. Qui savait ce que l'avenir lui réservait…

Il glissa la bague à son doigt. Elle lui allait parfaitement.

Mia refoula son trouble.

— Elle te plaît ? demanda-t-il avec une expression indéchiffrable.

— Oui, elle est très belle.

— Tu la porteras ?

— Je m'y habituerai sans doute.

— Une styliste de mode et une coiffeuse vont venir à l'appartement avec une esthéticienne, annonça-t-il d'un ton factuel. Tu choisiras ta robe. Il y aura aussi une toilette pour Odile qui sera notre témoin, et pour Lexi. Je descends dans les bureaux pour des réunions de travail. Je rentrerai tard. Ne m'attends pas pour dîner.

Après toutes ces informations, la tête de Mia lui tourna.

— Alors, vous vous mariez demain ! s'exclama Odile. Je n'arrive pas à y croire. C'est si romantique !

Rien ne l'était moins, songea Mia en s'obligeant à sourire.

— Cela ne vous ennuie pas d'être témoin ?

— Au contraire, je suis flattée. Et tellement heureuse pour vous !

Impulsivement, Mia la serra dans ses bras. Elle s'était attachée à la jeune femme. À un moment où tout basculait et lui paraissait hors de contrôle, elle était contente de pouvoir bénéficier de sa compagnie.

Mia signa le contrat prénuptial, ridiculement avantageux pour elle s'ils venaient à divorcer, tout comme les clauses concernant la garde de Lexi. Il n'y avait rien à objecter. Fatiguée par le voyage et la précipitation des événements, elle se coucha de bonne heure, peu après Lexi.

Elle comprit seulement quelques heures plus tard, quand Daniel se glissa dans le lit, qu'ils occupaient la même chambre. Évidemment.

Elle retint son souffle sans ouvrir les yeux. Tentée de noyer ses doutes et ses craintes dans le plaisir d'une étreinte, elle se retint pour garder l'illusion d'un vestige de contrôle.

Miraculeusement, elle réussit à se rendormir et ne se réveilla pas lorsque Daniel se serra tout contre elle en l'entourant par la taille.

Quand Mia s'éveilla le lendemain, il avait déposé un petit mot sur l'oreiller.

*Bonjour. Je n'ai pas voulu te déranger.*
*Je dois travailler ce matin, mais je serai de retour à 13 heures pour t'emmener à la salle de mariage. D.*

Quelle sécheresse ! Ses frêles espérances s'envolaient déjà…

Heureusement, la vue de sa belle enfant la rasséréna. Elle faisait ce qu'il fallait pour Lexi, qui grandirait entourée de l'affection de ses deux parents. Tout irait bien.

Quelques heures plus tard, elle se regarda dans la glace d'un œil critique. Elle avait jeté son dévolu sur un ensemble pantalon blanc Stella McCartney, avec un haut en dentelle. Pour tout bijou, elle portait la bague d'émeraude.

Un brushing avait domestiqué ses cheveux qui retombaient en vagues souples et elle était à peine maquillée. Tenant à rester elle-même le plus possible, elle avait soigneusement évité la traditionnelle robe vaporeuse et romantique. Elle ne faisait pas un mariage d'amour.

Daniel apparut sur le seuil de la pièce, dans un costume gris acier, rasé de près. Beau comme un dieu. Il tenait Lexi dans les bras, habillée d'une jolie robe blanche, une barrette à fleur dans les cheveux.

— Mama…

Avec l'excitation qui bruissait dans l'air, l'enfant avait besoin d'attention. Mia la câlina.

— Tu es superbe, lui dit Daniel.

— Merci. Toi aussi.

Odile apparut, en rouge grenat.

— La voiture attend en bas.

Très intimidée, Mia suivit Daniel dans l'ascenseur. Dans le hall, au rez-de-chaussée, le concierge les salua.

— Tous mes vœux de bonheur, monsieur Devilliers et Miss Forde !

Mia sourit et Lexi agita la main.

Daniel avait réservé un salon dans un palace Art déco huppé de Manhattan. En plus d'Odile et d'un collaborateur de Daniel, son témoin, se trouvaient quelques invités, dont ses avocats.

Mia suivit le déroulement de la cérémonie dans une espèce de brouillard, avec une sensation d'irréalité. Daniel passa un anneau à son doigt. Puis, à son tour, elle glissa une alliance, sensiblement plus large, à son annulaire. Ce geste symbolique attisa un puissant instinct possessif.

Quand Daniel l'embrassa à l'invitation du célébrant, Mia se crispa avec l'impression de participer à une imposture. Sans insister, il fronça les sourcils et la prit par la main pour la conduire au-dehors sous les applaudissements.

— Tu aurais voulu une vraie réception ? demanda Daniel.

En revenant du palace, ils avaient fêté l'événement avec tous les employés. À présent, ils buvaient le champagne sur la terrasse. Daniel avait ôté sa veste et elle aussi, ainsi que ses escarpins à talons hauts. Odile s'occupait de Lexi.

Mia secoua la tête.

— Non, c'était parfait. Ce n'est pas comme si c'était un vrai mariage.

— *C'est* un vrai mariage. Tu t'appelles désormais officiellement Mme Devilliers.

Un petit frémissement agita Mia.

— Tu sais ce que je veux dire. De toute façon, je n'aime pas beaucoup les mondanités.

Il lui lança un regard caustique.

— Désolé de te décevoir, mais tu seras obligée d'accompagner ton mari de temps en temps.

Elle se força à sourire.

— Je m'acquitterai de mes devoirs d'épouse.

— Je n'en doute pas. Tu es une femme merveilleuse, Mia.

Elle détestait le petit espoir que ses gentillesses faisaient immanquablement naître en elle.

— Tu n'es pas obligé de me faire des compliments. Maintenant que nous sommes mariés, les galanteries sont superflues.

Une expression fugace passa sur le visage de Daniel, qu'elle n'eut pas le temps de déchiffrer.

— Oui, nous sommes mariés, répéta-t-il.

Il prit son verre et le posa sur la table avant de l'attirer dans ses bras. Contrairement à la nuit précédente, Mia s'abandonna. Elle avait désespérément besoin de se perdre dans l'oubli des sens. Avec Lexi, la passion était tout ce qui l'unissait à cet homme.

— Emmène-moi au lit, murmura-t-elle en l'enlaçant par le cou.

— Vos désirs sont des ordres, madame Devilliers.

## 10.

En se réveillant le lendemain, Mia entendit, tout en bas, la rumeur assourdie de la circulation de Manhattan. Elle adorait New York, l'endroit où elle avait commencé sa carrière de mannequin. Sa première vision de Manhattan, depuis le bus de l'aéroport, restait très vivace dans ses souvenirs.

Elle était de retour quelques années plus tard, mariée et mère de famille… Elle leva la main pour regarder ses bagues. Pourquoi ne pas l'admettre ? Elles lui plaisaient. Pas seulement comme bijoux, mais à cause de leur valeur symbolique. Désormais, elle était l'épouse de Daniel.

Le corsage en dentelle, déchiré, attira son regard au pied du lit. Dans sa hâte, Daniel le lui avait arraché sauvagement. Ils avaient connu une étreinte éperdue, insatiable. Le sommeil et la fatigue les avaient vaincus seulement aux premières lueurs de l'aube.

Dans l'appartement silencieux, Mia se doucha, s'habilla d'un pantalon et d'une tunique assortie couleur rouille, et attacha ses cheveux en queue-de-cheval.

— Bonjour, Madame, lui dit le majordome dans la cuisine.

Elle rougit en voyant l'heure à la pendule. Il était plus de midi.

— Désolée, je ne savais pas qu'il était si tard.

— Une jeune mariée a le droit de faire la grasse matinée. Je vous sers un brunch ?

— Hum… Où est tout le monde ?

— Odile a emmené Lexi au parc et M. Devilliers est descendu dans les bureaux. Il a bien recommandé de ne pas vous déranger.

Sa prévenance la toucha. Elle n'avait pas l'habitude qu'on se soucie de son bien-être.

Après avoir dévoré de bon appétit des œufs brouillés au saumon fumé, Mia hésita entre téléphoner à Odile pour la rejoindre, ou aller voir Daniel. Elle choisit Daniel.

À la réception, on lui indiqua son bureau, où elle fut accueillie par Martha, une secrétaire discrète entre deux âges. Quand elle poussa la porte entrebâillée, il était au téléphone devant la fenêtre et lui tournait le dos. Elle surprit involontairement sa conversation.

— Oui, nous sommes mariés. C'était la meilleure solution. Cela désamorcera toute curiosité malsaine et protégera ma fille.

Il y eut une pause, puis il reprit sur un ton exaspéré.

— Écoute, Nikki, de toute façon c'est fait. C'est la mère de mon enfant. Si je ne l'avais pas épousée, cela se serait peut-être terminé au tribunal. J'ai évité un scandale qui aurait certainement compromis le succès de Delphine, notre nouvelle collection. Je…

Brusquement, il se retourna. Terriblement gênée, Mia ne savait quelle contenance prendre. Il n'avait rien dit d'extraordinaire, mais son détachement et sa froideur la heurtaient terriblement.

Daniel termina son appel et raccrocha.

— Mia…

Elle l'interrompit.

— Tu nous as fait venir au Costa Rica uniquement pour cela ! Me reconquérir et m'imposer ton plan.

— Je voulais absolument décourager la curiosité des journalistes, reconnut-il avec honnêteté. Mais je voulais aussi fonder une vraie famille et t'épouser. Cela règle tout.

Mia s'était très ingénument laissé convaincre. On avait encore une fois abusé de sa naïveté… Jusqu'alors, une flamme d'espoir vacillait encore dans le secret de son cœur. Celle-ci venait de s'éteindre.

Elle s'obligea à respirer longuement, profondément. Elle ne pouvait même pas lui reprocher de l'avoir manipulée, car elle avait accepté de son plein gré, lucidement, pour toutes les raisons qu'il avait énoncées.

— Mia…

Elle l'arrêta d'un geste. À son doigt, l'émeraude brilla comme pour la narguer. La pierre avait beau être authentique, elle ne valait pas mieux que le collier en zircon.

— Excuse-moi de t'avoir dérangé. En fait, je cherche Odile et Lexi.

— Elles sont à Central Park, avec un garde du corps.

Mia tourna les talons, mais Daniel la rappela.

— Attends ! Tu as l'air contrariée. Tout va bien ?

Elle figea un sourire sur ses lèvres.

— Oui, tout va très bien. Tu dînes avec nous, ce soir ?

— Nous rentrons à Paris plus tôt que prévu, en fin d'après-midi.

— Ah. Nous serons prêtes.

Mia partit la tête haute, sans regarder personne. Mais dans la rue, elle chaussa ses lunettes noires pour cacher ses larmes.

Le lendemain, un ciel de plomb pesait sur Paris. Odile était rentrée chez elle. Mia et Lexi faisaient la grasse matinée pour récupérer du décalage horaire, et Daniel, l'esprit agité, était descendu au bureau. Aucun des employés n'était encore là. Il était beaucoup trop tôt.

L'image de Mia à Manhattan, la veille, le poursuivait. Il ne lui avait vu que deux fois cette expression dévastée. Quand la presse avait révélé le projet de fiançailles avec Sophie Valois et quand elle lui avait annoncé qu'elle était enceinte.

Il se remémora avec mauvaise conscience la conversation qu'elle avait surprise.

Il était sous pression. Son chargé de relations publiques s'inquiétait de son mariage précipité, sans aucune annonce préalable. Il n'avait rien dit que Mia ne sache déjà. Ils avaient fait au mieux pour le bonheur et l'avenir de Lexi. Les belles promesses n'étaient pas son fort, mais il ferait tout pour que son passé toxique ne rejaillisse pas sur sa nouvelle famille. Il ne serait pas comme ses parents. Mia et lui avaient heureusement davantage de points communs qu'ils n'en avaient eus.

Ils s'accordaient magnifiquement sur le plan sexuel. C'était suffisant.

Alors pourquoi se sentait-il coupable ?

Quelque chose lui échappait, qu'il n'arrivait pas à comprendre. Il se ressaisit et repoussa cette idée ridicule.

— J'ai l'impression que tu m'évites.

— Mais non, pourquoi ?

— Cela fait une semaine que nous sommes rentrés à Paris et c'est le premier repas que nous prenons ensemble. En plus, tu dors dans ton ancienne chambre au lieu de coucher dans la mienne.

Pourtant, Mia avait terriblement envie de lui. Toutes les nuits, des rêves érotiques la poursuivaient. Elle se réveillait le matin dans un état de frustration intense.

— Lexi fait des cauchemars, depuis notre retour. Je ne veux pas te déranger.

— Où est Odile ? Je l'ai engagée à plein temps.

— Je lui ai demandé d'attendre quelques jours avant de commencer.

— Avec le lancement de la collection Delphine, nous aurons des obligations. Des conférences de presse et la soirée d'inauguration.

La perspective du démarrage de la campagne excitait et effrayait Mia tout à la fois.

— Cela m'impressionne. Je n'ai pas l'habitude des grands médias.

— Je serai avec toi.

Naguère, cela aurait réconforté Mia. Mais elle avait peur de se trahir en côtoyant Daniel de trop près. S'il devinait ce qu'elle ressentait, elle ne pourrait plus faire semblant. Ce mariage de convenance lui pesait déjà et elle se reprochait de ne pas être plus forte pour Lexi.

Dans son for intérieur, elle était convaincue de mériter mieux. Et Lexi aussi… Pouvait-elle vraiment vivre avec un homme qui n'éprouvait que du désir et du respect à son égard ?

La conversation téléphonique, à Manhattan, lui avait dessillé les yeux. Il parlait de leur mariage avec une telle froideur… Dès qu'il la touchait, elle recommençait à espérer, mais pour lui c'était purement sexuel. Rien de plus.

Elle se sentait dans une impasse.

Malgré tout, son corps le réclamait. Douloureusement. L'idée de ne plus faire l'amour avec lui était intolérable. Il ne le supporterait pas non plus. Voulait-elle le pousser dans les bras d'une autre ? Elle en tomberait malade.

Daniel la scrutait avec attention.

— À quoi penses-tu ? Tu as l'air très sombre.

Mia était au bord du désespoir. Il fallait sortir de cet

horrible dilemme et prendre sur elle. Sinon, la situation deviendrait invivable, pour tous les deux.

Elle se jeta à l'eau.

— J'ai envie de toi.

— Là ? Tout de suite ? lança-t-il, totalement déconcerté.

Elle rougit et se sentit gauche, comme la première fois où elle était sortie avec lui. Heureusement, il eut pitié de son embarras et la prit par la main pour la conduire dans sa chambre.

— Cette semaine m'a semblé interminable, Mia, s'écria-t-il en enlevant sa chemise.

Déposant une pluie de baisers sur son torse, elle déboutonna son pantalon et le fit glisser à terre avec son caleçon. Puis elle s'agenouilla. Oui, elle pouvait lui donner du plaisir. Sans problème.

Quand elle referma la bouche sur son sexe, il empoigna ses cheveux.

— Mia… Tu n'es pas obligée…

Il s'interrompit en retenant son souffle.

— C'est trop bon…

Implacable, elle le tint à sa merci très longtemps, lui arrachant des cris de plaisir comme jamais. Puis il la posséda à son tour avec fièvre. Mia savait désormais comment calmer son inquiétude et son vague à l'âme. En se jetant à corps perdu dans la passion, là où les mots et la tendresse n'avaient plus cours.

Quelques jours plus tard, Daniel s'éveilla à l'aube, à son habitude, nu et délicieusement rassasié. Mia et lui faisaient l'amour toutes les nuits et s'endormaient dans les bras l'un de l'autre, jambes entremêlées. Mais parfois, au matin, elle n'était plus là.

Quand elle disparaissait ainsi, tel un fantôme, il se demandait s'il n'avait pas rêvé.

Entre eux, quelque chose avait changé qu'il ne s'expliquait pas. Ses étreintes avec Mia avaient toujours été passionnées, mais depuis leur retour à Paris elle y mettait une ardeur fébrile qui lui donnait le vertige.

Avant de descendre au bureau, il s'arrêta devant la chambre de Lexi. La porte était entrebâillée et il la poussa. Lexi dormait profondément. Mia aussi, ses beaux cheveux en auréole sur l'oreiller, autour de son visage.

Que faisait Mia ici ? Ce lit n'était pas pour sa femme, mais pour la nounou.

Il eut envie de la soulever dans ses bras pour la ramener dans *leur* chambre. Là, il la réveillerait avec un baiser torride, jusqu'à ce qu'elle le supplie et demande grâce. Ce serait sa punition pour l'avoir délaissé au milieu de la nuit.

Il remarqua des cernes, sous ses yeux, et une légère crispation de la bouche. Il y avait quelque chose d'anormal… Instinctivement, il recula en se reprochant son indiscrétion. C'était encore leur lune de miel. Mia avait besoin de s'accoutumer à leur intimité.

Tout allait bien. Que voulait-il de plus ?

— Eh bien, Mia, comment avez-vous rencontré Daniel Devilliers ?

Totalement en dehors de sa zone de confort, Mia s'efforça néanmoins de donner le change dans une interview radiophonique pour le lancement de la campagne de la collection Delphine. Elle avait déjà vu les affiches. Les images étaient tellement stylisées qu'elle s'y reconnaissait à peine.

Les paysages du Costa Rica lui rappelaient des moments forts. C'était là-bas que Daniel avait commencé à nouer un lien avec Lexi et qu'ils avaient refait l'amour pour la première fois depuis deux ans. Là aussi qu'elle avait découvert sa phobie de l'eau et qu'il lui avait parlé de sa sœur. Mais il s'était servi de ces moments privilégiés pour l'amener où il voulait.

Dans son lit. Mariée.

— Quand êtes-vous tombée amoureuse de votre mari ?

Elle cligna des yeux en revenant à l'instant présent.

— Pardon, pouvez-vous répéter ?

Elle décida de répondre en toute franchise, sans censure ni retenue. Après tout, les auditeurs voulaient un conte de fées, non ? *Et elle aussi. C'était bien le problème…*

— Le premier jour, dès que je l'ai vu. Après notre liaison, nous sommes repartis chacun de notre côté. Je n'en avais pas conscience, alors. Mais en le retrouvant deux ans après, j'ai compris que je l'avais toujours aimé. Et en le voyant avec Lexi, notre fille, j'ai su que je l'aimerais toujours.

Le présentateur radio poussa un soupir théâtral.

— Ah, l'amour ! C'est fantastique, non ?

Mia sortit de là un peu abasourdie.

— Bravo, tu t'en es bien tirée, commenta Daniel. Tu as très bien répondu, j'y ai presque cru moi-même. Pourquoi les gens sont-ils à ce point obsédés par les histoires d'amour ? On dirait qu'ils n'ont jamais passé l'âge des contes de fées.

La remarque de Daniel eut raison des dernières défenses de Mia. Depuis une semaine, elle s'efforçait désespérément de tout contrôler, mais cela devenait trop difficile. S'il n'avait pas prononcé le mot « conte de fées » avec une telle ironie, elle se serait peut-être contenue. Mais son cynisme et son arrogance l'exaspéraient.

— J'ai bien répondu parce que j'étais sincère, déclara-t-elle.

— Quoi ?

— Tu as parfaitement entendu.

Daniel commanda au chauffeur de remonter la vitre de séparation.

— Répète, dit-il ensuite.

— J'ai répondu franchement au journaliste. Je n'ai pas eu à mentir ni enjoliver la vérité. Je t'aime, Daniel. Et crois-moi, je le regrette. Ce serait beaucoup plus facile autrement. Je t'aime depuis le premier jour, même si j'ai cru te haïr… après ma fausse couche…

Daniel parut dévasté.

— Tu as accepté de m'épouser sur d'autres bases. Le respect, le désir mutuel…

— Je l'ai fait pour Lexi. Au fond de moi, je ne pouvais pas m'empêcher d'espérer autre chose, même si je me trompais.

Il secoua la tête d'un air catastrophé.

— Avec mon passé, je ne peux pas t'offrir…

— Davantage, je sais, coupa Mia.

En se dévoilant, elle venait de franchir une ligne rouge. L'intimité physique ne serait plus possible entre eux, puisque Daniel était incapable de partager ses émotions. Elle n'y pouvait rien. C'était ainsi.

— Je suis désolée, Daniel. Je ne peux pas jouer la comédie. Cela finirait par me détruire et Lexi serait malheureuse. Elle aura malgré tout deux parents qui l'aiment, même séparés.

— Que dis-tu, Mia ?

— Il vaut mieux divorcer. J'attendrai naturellement le moment propice pour ne pas porter tort à Devilliers. Je veux garder une chance de trouver le bonheur. Je ne changerai pas d'avis.

Ils étaient arrivés devant l'immeuble Devilliers. Mia ouvrit la portière et descendit de voiture, tandis que Daniel restait interdit, comme paralysé. Il n'arrivait pas à croire à ce qu'elle avait dit.

*L'amour*… Porter la responsabilité du bonheur d'autrui…

Une noirceur terrible envahit Daniel. La seule personne qu'il avait aimée était morte. Depuis, un chagrin toxique infectait son existence. L'amour n'apportait que douleur, abandon et solitude.

Ils n'avaient pas besoin d'amour. Il le prouverait à Mia dès ce soir, après le gala de présentation.

Mia était prête pour la soirée d'inauguration. On l'avait maquillée et coiffée comme sur les photos, et habillée avec une robe bustier en cuir noir, fendue sur une cuisse.

— Je ne peux pas porter cela, protesta-t-elle, choquée, en se voyant dans une glace.

Le cuir moulait son corps comme une seconde peau. C'était indécent.

— Madame… vous êtes sublime.

Le compliment de la styliste la flatta malgré tout. On apporta le bijou qu'elle devait présenter, un gros rubis retenu par une spirale en or autour de son cou, très tapageur, mais stylé.

Mia enleva ses bagues avec un pincement au cœur. Elle ne les remettrait sans doute pas… Daniel apparut en smoking, impeccable et irrésistible, comme à l'accoutumée. Son expression choquée avait disparu. Il était redevenu impassible.

Les paroles de Mia avaient-elles eu un impact ? Ou avaient-elles glissé sur lui ?

Dès que Daniel vit Mia dans cette robe, il émergea de sa stupeur comme sous l'effet d'une décharge électrique. Elle ressemblait à une héroïne de film noir. Dangereuse et envoûtante, elle le regardait avec méfiance.

Daniel se força à rassembler ses esprits. Elle avait tenu des propos insensés, tout à l'heure. Il faudrait juste la ramener à la raison.

Odile et Lexi les attendaient dans le vestibule pour dire au revoir. Lexi embrassa sa maman et tendit les bras vers Daniel avant de planter un baiser sur sa joue. Il lui caressa tendrement les cheveux.

La voiture les conduisit dans un silence glacial au palace où se tenait la soirée. Mia regardait par la fenêtre, et Daniel eut envie de la prendre par le cou pour l'obliger à se tourner vers lui et l'embrasser.

Il prit soudain conscience d'un fait troublant. Toute cette semaine, en dépit de débordements érotiques, Mia ne l'avait pas embrassé une seule fois sur la bouche, comme si elle lui refusait désormais cette marque d'intimité. Depuis leur nuit de noces, en fait.

*Non*. Ce n'était pas possible. Il se trompait. Pourtant… Ce qu'elle avait dit le tourmentait. Il essaya de l'oublier.

Dès qu'ils arrivèrent, les paparazzis la mitraillèrent.

— Mia, Mia ! Par ici ! Mia !

À présent, ils connaissaient son nom. Pour une fois, elle lui volait la vedette, mais il s'effaça bien volontiers. Elle posa devant les photographes avec une aisance très professionnelle, mais il remarqua un léger tremblement.

— Cela suffit ! ordonna-t-il brusquement.

Elle lui serra les doigts quand il la prit par la main.

— Tout va bien ? s'enquit-il.

— Oui, je n'ai pas l'habitude d'attirer autant l'attention.

Il se pencha pour prendre ses lèvres, mais elle se déroba à la dernière seconde. Il n'avait pas rêvé.

Mia redressa le menton et s'écarta.

— Tu peux me laisser, si tu as des obligations…

— Je dois faire mon discours.

Elle hocha la tête.

C'était un moment extrêmement important pour Daniel, mais il n'arrivait pas à se concentrer. Il cherchait sans arrêt Mia des yeux dans la foule.

Une des actrices préférées des Français l'attendait sur l'estrade. Longtemps ambassadrice de la marque Devilliers, elle passa élégamment le relais à Mia, étoile montante d'une nouvelle génération, et lui souhaita bonne chance.

Rassuré d'apercevoir enfin Mia en compagnie d'Adèle, Daniel délivra son discours. Il loua les qualités de Mia, qui apportait à la maison Devilliers la touche d'audace qui la ferait entrer dans une nouvelle ère. Tout le monde applaudit.

Tout à coup, il buta sur ses mots et dut consulter ses notes, ce qui ne lui arrivait jamais. Il venait de voir Mia se diriger vers une sortie dérobée.

*Où allait-elle ?*

Quand il eut terminé, on le pressa de questions de toutes parts. Il n'avait qu'une hâte, retrouver Mia au plus vite. Les photos de la campagne, provocantes et sexy, s'étalaient sur les murs comme pour le narguer.

« Il vaut mieux divorcer. Je veux garder une chance de trouver le bonheur… »

Comment en étaient-ils arrivés là si vite ?

Il réussit enfin à trouver son chauffeur.

— Où est Mia ? Vous l'avez vue ?

— Je viens de la raccompagner, monsieur. Je suis revenu vous attendre.

Daniel regarda derrière lui. La foule des grands jours réclamait sa présence. Il fallait retourner dans l'arène.

Sans réfléchir, il se dirigea vers la voiture.

# 11.

Mia se contorsionnait en vain dans tous les sens. Elle n'arriverait jamais à enlever seule cette maudite robe. Il lui fallait de l'aide. Elle n'aurait pas dû renvoyer Odile chez elle…

À défaut de passer sous la douche, elle se démaquilla et se brossa énergiquement les cheveux pour leur redonner du volume. Cette coiffure trop lisse la rendait méconnaissable.

Elle avait des remords d'avoir quitté la soirée…

Un bruit la fit sursauter. Elle leva les yeux. C'était Daniel, un peu hagard.

— Tu es là, dit-il.

Mia se sentit coupable.

— Je suis désolée… J'ai eu une crise d'angoisse. Je voulais juste respirer un peu d'air frais. Quand j'ai vu ton chauffeur, je lui ai demandé de me ramener. C'était plus fort que moi. Je t'ai envoyé un texto.

Daniel sortit son portable avec une expression déboussolée.

— Tu devrais retourner là-bas, dit Mia.

Il secoua la tête en dénouant son nœud papillon.

— Maintenant que j'ai prononcé mon discours, personne ne se rendra compte de mon absence.

Elle en doutait.

— C'est un moment crucial pour toi et Devilliers.

— Alors viens avec moi.

Elle montra son visage et ses cheveux.

— Trop tard. Je crains de ne plus ressembler aux photos.

— Tant pis. Je suis très bien ici.

Malgré son self-control à toute épreuve, elle percevait en lui une agitation inhabituelle, volatile.

— Daniel… nous devons reparler de ce que je t'ai dit…

Il la dévorait des yeux, littéralement.

— Je ne peux pas. Tu me rends fou, dans cette robe.

— Alors aide-moi à l'enlever. Toute seule, je n'y arrive pas.

Elle ramena ses cheveux sur une épaule et lui présenta son dos en guettant le contact de ses doigts sur sa peau. Elle n'était plus très sûre de vouloir discuter…

Il ne chercha pas à la déshabiller mais la prit par les épaules et l'embrassa au creux du cou.

— Daniel…, murmura-t-elle faiblement, les jambes en coton.

— Je dois arrêter ?

*Oui*, implora Mia silencieusement. Après son terrible aveu, elle n'avait plus aucunes défenses. Mais la tentation était trop forte. Elle avait besoin de se perdre encore dans la passion, peut-être pour la dernière fois.

Elle fixa sa bouche. Pourquoi s'interdire leurs baisers fous ? Comme si cela changeait quoi que ce soit de se priver d'un plaisir intense.

Jetant au diable toute prudence, elle l'embrassa éperdument. Tant pis si cela devait lui briser le cœur.

Daniel l'emmena vers un fauteuil.

— Assieds-toi sur moi à califourchon.

— Je ne peux pas…

Il tira sur la fente de la robe qui se déchira jusqu'en haut des cuisses.

— Maintenant, tu peux.

Elle obtempéra tandis qu'il cherchait la fermeture Éclair et libérait sa poitrine du corset qui l'enserrait. Ses seins se durcirent sous ses caresses. Toute pensée cohérente la quitta.

Les mains sur le dossier du fauteuil, elle se pencha en avant en se cambrant pour offrir leurs pointes érigées à la bouche de Daniel. Tout son corps réclamait davantage. Elle voulait se donner complètement.

— Relève-toi un instant, chérie.

Il défit la ceinture de son pantalon et chercha un préservatif dans sa poche. Puis, la saisissant pas les hanches, il la positionna de façon à la pénétrer. Une exquise torture commença avec ses mouvements de va-et-vient. Il la tenait fermement afin de conserver la maîtrise du rythme et les conduire ensemble au paroxysme. Ils basculèrent en même temps dans une bienheureuse inconscience.

Ils demeurèrent ensuite sans bouger, pendant un long moment. La tête de Daniel reposait sur les seins de Mia, qui avait enfoui le visage dans son cou. Le tremblement de ses cuisses s'estompa peu à peu.

Au matin, Daniel s'éveilla dans un silence total. Il avait froid. De mauvais rêves l'avaient poursuivi… des rêves affreux. Il cherchait désespérément Mia dans une fête, parmi de nombreux invités. Il ne la trouvait pas. Elle avait disparu…

Cette nuit…

Leur passion échevelée lui revint par bribes. Il avait sauvagement déchiré la robe en cuir. Une sorte de désespoir les avait emportés tous les deux, jusqu'à la perte de conscience.

Finalement, Mia s'était extirpée de la robe en lambeaux et était partie, peut-être dans la salle de bains. Il l'avait attendue. Elle n'était pas revenue.

Il se remémora une expression étrange, un mélange de

violence et de dépit, comme si elle s'en voulait de céder à un désir incoercible.

Il se glaça. Avant de s'éclipser, elle avait murmuré quelque chose, tout bas. Il s'en souvenait seulement maintenant.

« Cela ne change rien. »

Daniel se redressa d'un bond dans le lit. L'appartement était tellement silencieux…

*Elle était partie.*

Il se leva et enfila un pantalon. La chambre de Lexi était ouverte, les lits soigneusement faits.

Où était Paul ? Il n'y avait personne.

Dans un flash-back, Daniel revécut une scène de son enfance. Il s'était réveillé un matin dans le château désert. C'était peu après la mort de Delphine. En rentrant le soir, son père l'avait trouvé recroquevillé dans un coin, prostré. Daniel croyait qu'on l'avait abandonné parce qu'il était responsable de la mort de Delphine.

« Qu'est-ce que tu as, mon garçon ? avait demandé son père d'un ton glacial qui n'avait rien pour rassurer Daniel.

— J'ai été tout seul toute la journée. »

Son père avait poussé un juron.

« Ta mère devait t'emmener dans le Sud. Nous avons donné congé aux domestiques à l'occasion de la fête du village. »

Il n'avait pas eu droit à une excuse ou un mot de consolation. En revenant de voyage, sa mère l'avait complètement ignoré.

Quelle abomination d'infliger pareille cruauté à un enfant ! Daniel pensa à Lexi. La confiance d'un enfant était un bien précieux qu'il fallait préserver à tout prix.

Il se frotta le torse et posa une main sur son cœur.

En tout cas, une chose était sûre. Mia ne pouvait pas le quitter. Il fallait le lui dire.

Il s'obligea à rester rationnel. Elle ne pouvait pas être

loin. Elle ne serait pas partie ainsi, aussi brusquement. Il avait besoin de lui parler, de lui expliquer ce qu'il ne comprenait pas bien lui-même…

Mia regardait Lexi en train de donner du pain aux canards, dans le parc. Elle s'interdisait de repenser aux événements de la veille. Malgré tout, elle avait acquis une certitude. Il lui serait impossible de vivre avec Daniel. Elle l'aimait trop.

— Mia !

Elle se retourna.

Daniel était là, pas coiffé, en chemise, sans manteau. Il n'avait même pas de chaussettes dans ses chaussures. Elle ne l'avait jamais vu ainsi.

— Daniel ?

— J'ai besoin de te parler.

Odile arrivait derrière lui.

— Pourquoi as-tu amené Odile ? Que se passe-t-il ? Tu me fais peur.

— Je veux juste être tranquille avec toi pour discuter.

Il attirait tous les regards. Elle eut envie de crier qu'il était *à elle*, qu'il lui appartenait. Mais c'était faux.

— Ne vous inquiétez pas et prenez tout votre temps, dit Odile discrètement avant de s'éloigner avec la petite fille.

Daniel lui indiqua un banc.

— Asseyons-nous.

Mia rassembla ses forces en attendant la suite.

— Ne me quitte pas, Mia.

— Écoute, Daniel, j'avais sincèrement envie que cela marche entre nous… surtout pour Lexi. Mais je souffrirais trop si je restais en sachant que mes sentiments ne seront jamais réciproques.

— Mais si… ils le sont. Enfin, je crois. C'est-à-dire…

Mia se sentit mal.

— Je préférerais encore que tu fasses semblant. Tu ne sais même pas toi-même…

Elle s'interrompit et commença à marcher. Daniel essayait de la retenir par tous les moyens. C'était humiliant.

— Mia, attends.

Il la rattrapa.

— J'ai l'air incohérent, excuse-moi… Je veux te montrer quelque chose qui t'aidera à comprendre. Viens.

Plus intriguée qu'elle ne voulait l'admettre, elle accepta de mauvaise grâce.

Une voiture de sport qu'elle ne connaissait pas les attendait place Vendôme. Elle hésita quand Daniel ouvrit la portière du passager.

— Où allons-nous ?

— Pas très loin, à une heure d'ici. Tu veux bien ?

— Ai-je le choix ?

— Bien sûr. Mais j'aimerais que tu me donnes une chance.

Incorrigiblement vivace, la lueur d'espoir se ranima.

Daniel mit de la musique, et ils filèrent bientôt sur l'autoroute, avant de s'engager sur des petites routes de campagne. Mia refusait de se poser des questions. Daniel ne savait même pas lui-même où il en était !

Après avoir traversé un joli village de carte postale, ils longèrent le mur de pierre d'une propriété pendant une dizaine de minutes et arrivèrent devant des grilles immenses. Les mains de Daniel se crispèrent sur le volant pendant qu'un gardien les ouvrait. Sa tension était palpable.

— Où sommes-nous ? demanda-t-elle, mal à l'aise.

— Au château Devilliers.

Où Delphine était morte. Où il avait grandi. Mia se remémora ses paroles.

« Mon enfance m'a détruit. »

Le château apparut au détour d'un virage, tout au bout d'une allée interminable. Mia retint une exclamation. Il avait quelque chose de gothique et cauchemardesque, avec ses pierres grises, ses remparts crénelés et ses fenêtres étroites. L'endroit était froid, oppressant.

Daniel gara la voiture dans la cour et fit galamment le tour pour aider Mia à descendre. Elle avait envie de le tenir par la main, mais s'obligea à le lâcher. Pas de geste ambigu. Elle avait décidé de rompre.

Ils gravirent les marches du perron et la porte s'ouvrit sur un personnage à la mine austère.

— Bienvenue, monsieur Devilliers. Nous ne vous attendions pas.

— En effet. Nous ne resterons pas longtemps.

Mia sourit au majordome, qui la regarda comme si elle était un fantôme. Décidément, elle n'aimait pas du tout cette demeure.

Daniel attendit le départ du domestique.

— J'aurais préféré ne pas avoir à te montrer cet endroit, mais il n'y a pas d'autre moyen…

Elle le suivit de pièce en pièce. La chambre de Delphine était restée comme au jour de sa mort, avec ses jouets et ses livres d'enfant. Il s'en dégageait une tristesse épouvantable.

Daniel raconta à Mia comment il s'était retrouvé seul toute une journée, sans savoir pourquoi tout le monde était parti. Elle eut le cœur serré à imaginer ce petit garçon de neuf ans abandonné et terrorisé.

Puis ils sortirent dans les jardins parfaitement entretenus, avec des buis taillés au cordeau. Sur le côté, ils s'arrêtèrent devant un espace rectangulaire, couvert de gazon.

— C'était la piscine ? demanda-t-elle.

Daniel hocha la tête.

— Tu l'as fait combler ?

— Pas moi, ma mère.

— Oh ! Daniel..., murmura Mia, submergée par l'émotion.

Il se mit à parler sans la regarder.

— Rationnellement, je sais qu'elle n'est pas morte par ma faute. Comme tu me l'as fait remarquer, j'avais neuf ans. Mais je ne peux pas effacer cette tragédie gravée en moi. J'aimais tant Delphine... C'était la seule joie de ma vie. Je me suis maudit de l'avoir perdue. Et les réactions de mes parents m'ont conforté dans ma culpabilité. Après, je me suis interdit tout attachement. Pour ne pas souffrir davantage.

Sa voix tourmentée s'éteignit un instant.

— Je dois me délivrer de ce souvenir qui m'emprisonne. Je veux reprendre confiance, me convaincre que l'attachement n'apporte pas nécessairement la perte et la souffrance. J'ai besoin de toi et Lexi dans ma vie.

« Si je ne t'avais pas amenée ici, je n'aurais pas pu te parler aussi librement. C'était la seule façon de te faire comprendre... ce que je ressens pour toi.

Mia lui prit les mains, le cœur battant.

— C'est-à-dire ?

— Hier, quand je t'ai vue quitter la soirée, je ne suis plus parvenu à me concentrer. Je n'avais plus qu'une obsession, te retrouver. L'idée de ne plus te voir quotidiennement, de ne plus t'avoir dans mon lit... me fait mal et m'oppresse... physiquement, au point que j'en ai des difficultés à respirer.

« Je sais que c'est de l'amour, maintenant, Mia. Je vous aime, toi et Lexi. Comme toi, je suis tombé amoureux au premier regard, mais j'étais incapable de le reconnaître. Quand tu m'as annoncé ta grossesse... j'ai été terrorisé. Pour moi qui n'ai connu enfant que la solitude, le chagrin et l'abandon, la paternité semblait impossible. Je ne voudrais pas reproduire et transmettre ce que j'ai vécu. C'est ce qui explique ma réaction, à l'hôpital.

Silencieuse, Mia le laissa trouver ses mots.

— Mais quand tu as réapparu dans ma vie avec Lexi, je n'ai pas résisté. Je pensais que je n'aurais aucun mal à maîtriser mes émotions. Je t'ai tout de suite proposé le mariage parce que je ne voulais pas trop te laisser le temps de réfléchir. Aussi parce que j'attache de l'importance à ce que pensent les gens. Mais je reste terrifié à l'idée de ne pas vous aimer comme vous le méritez, toi et Lexi.

Il s'écarta. Il s'était livré sans complaisance, en toute franchise.

— Tu as bien fait de m'amener ici, dit Mia.

— Vraiment ?

— Oui. Tu as raison. Cela m'aide à te comprendre.

Elle frissonna.

— Mais il ne faudra jamais montrer cet endroit à Lexi.

— Bien sûr.

— Et nous ne reviendrons jamais. Nous allons vendre ce château.

— *Nous* ? répéta-t-il, une toute petite lueur au fond des yeux.

Elle hocha la tête.

— Mais… il appartient à la famille depuis des siècles.

Mia haussa les épaules.

— Et alors ?

— C'est typiquement américain, maugréa-t-il avec un sourire. Vous n'appréciez pas la culture.

— Nous en achèterons un autre. Rose.

Il eut une expression horrifiée.

— Rose ?

— Parfaitement. Cela me plairait beaucoup.

Daniel redevint sérieux.

— Mia… Tu restes, alors ?

Elle déposa un tendre baiser sur ses lèvres.

— Si tu veux bien de moi. Et de Lexi.

Un frémissement de joie le parcourut. Il la serra tout contre lui.

— J'ai encore plus peur de vous perdre que de mal vous aimer… C'est très égoïste, non ?

— Non, mon amour. Simplement humain. Je ne peux pas garantir que nous n'aurons pas de moments difficiles, mais tant que nous serons ensemble, nous ferons face.

Daniel prit son visage entre ses paumes avec ferveur.

— Ne me refuse plus jamais tes lèvres, Mia.

— Plus jamais, mon amour. Je te le promets.

# Épilogue

*Costa Rica*

Mia descendit à la plage à travers les arbres touffus et s'assit sur la balancelle que Daniel avait fait installer. Là, sous la moustiquaire, elle donna le sein à son bébé.

Ils avaient renouvelé leurs vœux de mariage trois ans plus tôt, au cours d'une belle et émouvante cérémonie. À cette occasion, Daniel lui avait offert une somptueuse bague d'éternité incrustée de diamants. Elle consentait désormais à porter des bijoux, comme il seyait à l'épouse de l'un des joailliers les plus célèbres au monde.

Elle sourit en contemplant la scène qui se déroulait sous ses yeux. Lexi, maintenant âgée de cinq ans, poussait des hurlements de joie dans les bras de son père qui s'amusait à la lancer dans l'eau.

— Encore, papa, *encore* !

Infatigable dès qu'il s'agissait de sa fille chérie, Daniel s'exécuta. Il la gâtait beaucoup, mais sans pour autant lui passer tous ses caprices. Ils s'entendaient comme larrons en foire, pour le plus grand bonheur de Mia. Elle se réjouissait pour sa fille qui grandirait auprès de son père. Il n'y avait pas de fatalité. Son histoire ne se répéterait pas.

Leur petite famille s'agrandissait avec la venue de Dominic, Dom de son surnom. Ils avaient attendu un peu avant d'avoir un deuxième enfant, le temps que Lexi s'habitue à Daniel, et que leurs liens à tous les trois se consolident. Ils formaient maintenant une *vraie* famille.

Le bébé tétait avec contentement. La naissance les avait bouleversés. La joie de Daniel était d'autant plus intense qu'il s'en voulait de ne pas avoir été là la première fois. Quand il avait tenu Dom dans ses bras, il avait perçu une pointe de nostalgie dans les yeux de Mia.

— Ne te penche pas trop sur le passé, mon amour. Je suis aussi responsable que toi de ce qui est arrivé. Plus, même. Remercions le destin qui nous a réunis. Je t'aime et suis le plus heureux des hommes. Ne regrettons pas nos erreurs et regardons plutôt ensemble vers l'avenir.

Mia avait fondu en larmes. Il l'avait consolée. Il possédait ce pouvoir, dorénavant.

Comme s'il sentait sa présence, Daniel se tourna vers elle et la montra du doigt à Lexi.

— Mama ! Dommy ! s'écria la petite fille.

Ils la rejoignirent avec empressement.

Ces dernières années, Daniel avait non seulement chassé les démons intérieurs qui le tourmentaient depuis la mort de sa sœur, mais aussi triomphé de sa phobie de l'eau. Il avait même pris des cours de plongée. Mia avait un plaisir fou à nager avec lui. Mais le désir surgissait très vite quand ils se baignaient tous les deux…

— À quoi penses-tu ? la taquina-t-il. Encore des choses inavouables, n'est-ce pas ?

— C'est quoi, *inavouable* ? demanda Lexi.

Mia s'empourpra en faisant les gros yeux à Daniel. Il lisait toujours en elle comme dans un livre ouvert. Il s'assit à côté d'elle et prit leur fille sur les genoux.

— Je peux tenir Dommy, mama ?

Lexy adorait son petit frère, qui reconnaissait déjà sa voix.

Dom était repu. Après le rot, Mia l'installa prudemment

dans les bras de Lexi. La petite fille fronça les sourcils comme si elle craignait de le casser.

— Très bien, chérie, l'encouragea Daniel tout en les maintenant fermement contre lui.

Un couple plus âgé passa devant eux, sur la plage. Ils sourirent à la vue du charmant tableau qu'ils formaient tous les quatre.

— *Pura vida.*

L'expression costaricaine servait aussi bien à saluer que pour exprimer simplement le plaisir de vivre.

Oui, la vie était belle.

Un éclair de complicité passa entre Daniel et Mia. Ils avaient une vie parfaite. Une famille aimante et la conviction qu'ils méritaient l'amour qu'ils avaient conquis.

Ils avaient vendu le château gothique et en avaient vraiment acheté un autre, en grès rose, avec de la vigne vierge sur les murs et plein de bonheur à l'intérieur.

Retrouvez prochainement,
dans votre collection

# AZUR

**L'assistante d'un Grec, de Carol Marinelli - N°4488**
Être l'assistante de Galen Pallas durant six semaines ? Pour Roula, la proposition est d'autant plus tentante qu'elle admire l'homme d'affaires. Parti de rien, le génie de la high-tech a bâti un empire ! Seulement, même si tous deux ont grandi sur l'île grecque d'Anapliro, ils n'ont rien en commun. Sauront-ils marier leurs caractères pour collaborer comme il se doit, et surtout faire taire le désir qui brûle entre eux ?

**Une innocente sous les projecteurs, de Melanie Milburne - N°4489**
Jamais Elizabeth n'aurait dû accepter de se faire passer pour sa jumelle le temps d'un week-end dans le château de Crannochbrae, en Écosse. Qui croirait un seul instant qu'elle est une mannequin lingerie, elle, la timide bibliothécaire ? Face à Mack McDiarmid, le maître des lieux, elle se sent mise à nu. Aurait-il compris d'un seul regard qu'elle n'est pas celle qu'elle prétend ? Alors qu'elle devrait garder ses distances avec lui, Elizabeth se surprend à défier cet homme qui lui témoigne sa méfiance…

**L'escapade d'une princesse, d'Annie West - N°4490**
Un pion sur l'échiquier de la dynastie, voilà ce qu'est la princesse Ilsa d'Altbourg. Depuis toujours, elle accomplit son devoir royal, assume son rôle d'ambassadrice, dans l'intérêt de son pays et de ses sujets – mais sans jamais penser à elle. Or aujourd'hui elle a besoin d'échapper à ses responsabilités pour vivre, tout simplement. Aussi, quand Noah Carson, l'irrésistible milliardaire qu'elle vient de rencontrer, lui propose une croisière en sa compagnie accepte-t-elle de le suivre pour ce voyage sur les rives du désir…

**La proposition d'un Irlandais, de Heidi Rice - N°4491**
Embauchée par Conall O'Riordan pour organiser le mariage de sa sœur, Katherine écoute avec stupeur ses exigences. Et dire que durant leur séjour en tête à tête au château de Kildaragh, où aura lieu la réception, elle devra supporter cet homme tyrannique ! Résolue à ne pas se laisser distraire par son physique d'apollon et son aura de virilité, Katie fait son possible pour garder la raison et le contrôle de ses émotions. Car, elle le sait, on ne mélange jamais travail et plaisir…

**Une tendre confession, de Julia James - N°4492**

*Enceinte.* La nouvelle est un choc pour Alys, car le bébé qui grandit en elle est celui du sublime inconnu dans les bras duquel elle s'est abandonnée un soir de solitude… Sitôt qu'elle révèle par courrier son état à Nikos Drakis, celui-ci exige qu'elle l'accompagne dans sa villa grecque. Et sur place Alys doit se rendre à l'évidence : l'homme qui lui a fait perdre la tête l'attire toujours autant, même s'il ne lui cache pas son hostilité et son ambition de réclamer son héritier !

**L'épouse de Jin Zhang, d'Andrea Bolter - N°4493**

Créatrice de mode en herbe, Mimi aime depuis toujours Jin Zhang, le meilleur ami de son frère. Lorsque ce dernier a besoin de son aide pour sauver le label Haute couture de sa famille, il offre soudain à Mimi tout ce dont elle rêve : un travail *et* la chance d'être son épouse ! Si elle accepte avec bonheur cette union de convenance, Mimi ne peut s'empêcher d'espérer qu'elle évolue vers un mariage d'amour…

**L'héritier d'Apollo Drakos,**
**de Jennifer Faye - N°4494**

Par amour, Popi a accepté d'être mère porteuse pour sa sœur et son beau-frère. Hélas, quand les futurs parents disparaissent subitement, elle se voit obligée d'élever le bébé seule. En tout cas, c'est ce qu'elle croit jusqu'à ce qu'Apollo Drakos, l'oncle de l'enfant, vienne sur l'île de l'Éternité lui réclamer sa garde ! Malgré leur désaccord et pour le bien du bébé, tous deux tentent de s'entendre, tout en ignorant l'attirance qui grandit entre eux et qui pourrait mettre à mal ce fragile équilibre…

**La tentation du Costa Rica, de Pippa Roscoe - N°4495**

SÉRIE : *PRÉCIEUX HÉRITAGE* - 1/3

Pour hériter de la propriété familiale, Skye Soames doit retrouver… des diamants disparus ! Un défi qui la mène bientôt chez le milliardaire Benoît Chalendar, installé dans la forêt tropicale du Costa Rica. Celui-ci accepte de l'aider dans sa quête, mais à la condition qu'elle l'épouse ! Auprès de lui, Skye découvre une faune exceptionnelle, des cascades – l'aventure ! Et aussi le frisson du désir…

## La brûlure d'une vengeance, d'Abby Green - N°4496

SÉRIE : *NUITS D'ÉTÉ* - 2/2

Zachary Temple n'a pas oublié les grands yeux bleus d'Ashling Doyle, ni la façon dont elle a tenté de ruiner sa carrière. Quatre ans plus tôt, sans même le connaître, elle l'a humilié publiquement en se faisant passer pour l'une de ses conquêtes ! Aujourd'hui que le hasard l'a remise sur son chemin, il n'a qu'une envie : se venger d'elle. Mais l'attrait puissant qu'il éprouve pour Ashling l'invite à se demander s'il ne pourrait pas d'abord la mettre dans son lit…

## Dans le lit d'un roi, de Maya Blake - N°4497

Voilà un an que le roi Lucca est hanté par la douce Delphine, qui a subitement disparu de sa vie et de son lit. Maintenant qu'il est parvenu à la retrouver, il espère la convaincre d'adhérer à son plan. Afin de faire oublier le scandale qui entoure la famille de Lucca, tous deux devront jouer ensemble la comédie de l'amour devant les médias avides de romance ! Et qui sait, en se rapprochant de Delphine, Lucca découvrira peut-être enfin la raison pour laquelle elle est partie…

## Le serment d'un été, de Catherine George - N°4498

Devant la loi, Alicia est toujours l'épouse de Francesco da Luca. Et dans son cœur aussi… Toutefois, elle sait à quoi s'en tenir : le bel Italien qui l'a envoûtée, huit ans plus tôt, n'existe plus. Il a été remplacé par un homme froid et arrogant qui l'a méprisée tout au long de leur vie commune, avant qu'elle décide de s'enfuir. Un homme qui lui demande, aujourd'hui, de revenir à Montedaluca pour régler une question d'héritage. Cette perspective glace Alicia, mais n'est-il pas temps, enfin, de faire une croix sur le passé et de rayer de sa mémoire le seul homme qu'elle ait jamais aimé ?